Marcelle Sauvageot | Fast ganz die Deine

Die Kleine Reihe

Marcelle Sauvageot

Fast ganz die Deine

Aus dem Französischen von Claudia Kalscheuer

Mit einem Nachwort von Ulrike Draesner

Büchergilde Gutenberg

7. November 1930

»Du siehst darin einen Liebesbeweis, nicht wahr?« Immerfort kehrte dieser Satz im Rhythmus des Zuges wieder. Mir war kalt; in eine Ecke gekauert, versuchte ich zu schlafen. – Wie kalt mir war! – Warum war dieser Zug losgefahren? Die Bangigkeit, die man spürt, wenn man eine Dummheit macht, schnürte mir die Kehle zu; ich hatte ein zerbrechliches Glück verlassen, um in dieses Sanatorium zurückzukehren; das war dumm. Ich hatte in diesen letzten Wochen ein wenig Freude erlebt; wahrscheinlich würde mich nun, zum Ausgleich, ein großes Leid erwarten.

»Du siehst darin einen Liebesbeweis, nicht wahr?« Ich sah das gequälte Gesicht wieder vor mir, wie es am Abend zuvor diesen Satz zu mir sagte. Und darüber, wie in einer Doppelbelichtung, dasselbe Gesicht ganz nah an meinem, mit dicken Tränen in den Augen, das zu mir sagte: »Heiraten Sie mich, Sie werden mich betrügen …« Ich wünschte mir, die Szene würde von vorn beginnen, ich könnte diesen Kopf küssen und sagen: »Ich werde Sie nicht betrügen.« Doch nichts beginnt noch einmal von vorn; und diesen Satz habe ich damals sicher nicht ausgesprochen, denn ich kann nicht reden, wenn es darauf ankommt, und nicht im richtigen Ton. Ich bin dann zu bewegt und verhärte mich, um mich vom Gefühl nicht überwältigen zu lassen. Wie soll man den inneren Aufruhr, den ein Gefühl auslöst, in eben dem Moment, da es stattfindet, ganz mitteilen? Doch ich will mich von diesen süßen Worten einwiegen lassen: »Du siehst darin einen Liebesbeweis, nicht wahr?« Ich schicke Dir einen Kuß durch die Luft. Wenn Du mich liebst, werde ich gesund werden.

Und wenn ich wieder gesund bin, wirst Du sehen, wie gut alles sein wird. Es gefällt mir, Dich zu duzen, da Du nicht mehr da bist. Ich bin es nicht gewohnt, es kommt mir verboten vor – das ist wunderbar. Meinst Du, ich könnte wohl eines Tages »Du« zu Dir sagen? Wenn ich wieder gesund bin, wirst Du nicht mehr finden, daß ich einen schlechten Charakter habe. Ich bin krank. Du hast mir gesagt, Kranke seien bemüht, sanfter mit ihren Mitmenschen umzugehen; und Du hast mir schöne Beispiele dafür genannt. Ich mag Dich nicht, wenn Du predigst; damit bringst Du mich zum Gähnen, und Vorwürfe machst Du mir nur, weil Du mich weniger liebst: Du vergleichst mich mit anderen. Kranke sind sanft, ich aber bin erschöpft; meine ganze Kraft verbrauche ich damit, weiterzumachen und denen »Danke« zu sagen, die nicht verstehen. Doch Du, was brauchtest Du ein »Danke«? Du hast nicht verstanden, weil Du nicht weißt, wie es ist. Ich habe Dich gefragt, was Du für eine Laune hättest, wenn Du auch nur acht Tage lang nicht schlafen könntest. Du hast mir geantwortet, das passiere Dir nie, aber sicher sei es nicht angenehm. Natürlich verstehst Du nicht. Im übrigen weiß ich: Als wir auf dem Land waren, warst Du nicht zufrieden; Du wärest gern in Paris gewesen, wo Deine Freundin weilte. Also hattest Du es eilig, wieder abzureisen, und fandest mich lästig. Siehst Du, das ist auch etwas, das sich gegen meine Wünsche gekehrt hat: Ich glaubte, Dir eine Freude zu machen, als ich Dich bat mitzukommen. In Paris bist Du viel netter … und Du findest mich viel netter, denn sie ist da. Außerdem kannst Du Kranke nicht leiden.

Du wärst, glaube ich, dafür, daß man sie einsperrt, daß man sie beseitigt. Du müßtest einmal krank sein.

»Du siehst darin einen Liebesbeweis, nicht wahr?« Was ist von diesem Satz zu halten? Ich weiß, daß Du mich nicht mehr liebst. Mit welch komischer Sorgfalt Du es meidest, mir zu sagen: »Ich liebe Sie!« Du wirst mir also nichts versprochen haben. Dabei würde es mir, die ich allein bin und weit weg fahre, so guttun, mich vertrauensvoll in deiner Liebe zu wiegen. Ich brauche sie; ich möchte sie wiederfinden, wenn ich geheilt zurückkomme. Für einen Kranken ist die Gewißheit, daß jemand, für den alles übrige nur eine vorübergehende, folgenlose Ablenkung bedeutet, ihn weiter liebt und erwartet, ein großes Glück – es gibt ihm das Gefühl, daß das Leben, das er zurückgelassen hat, seine Abwesenheit bemerkt hat; eine neue Zukunft kann er sich nicht vorstellen; er ist schwach und leidet unter dem jähen Bruch mit der Vergangenheit, und alles, was er von einem »Später« verlangt, ist, daß es weitergeht, wie es war, nur besser.

Ich möchte die Erinnerung an gestern abend in mir bewahren wie einen Talisman. Laß mich die Augen schließen, damit die Illusion wiederkehrt. Es ist wie im Traum: Man darf sich nicht bewegen. Ich liebe Dich.

Tenay-Hauteville!

Ich habe Angst. Ich möchte nicht aussteigen.

Ich möchte mich in eine Ecke verkriechen, wo man mich nicht sieht. Ich möchte mich selbst vergessen. Was für eine Freude wäre es, mit diesem Zug immer weiter in die Ferne zu fahren! Vergeblich habe ich auf einen Wink des Zufalls gewartet – alles schien mich zur Abreise zu drängen. Was sollte ich tun? Jetzt muß ich aussteigen und mich in dieses traurige Haus begeben. Aber warum muß ich? In den Beinen spüre ich das beinahe lustvolle Zögern, das einen reglos verharren läßt, wenn man nur eine Minute hat, um etwas Entscheidendes zu tun. Man sagt: »Ich werde mich nicht rühren, ich werde mich nicht rühren ...«, und in der letzten Sekunde führt man in unglaublichem Tempo, in einer Art wilder Panik aus, was zu tun man zögerte. Ich bin tapfer; ich bin ausgestiegen; ich habe alle Formalitäten gewissenhaft erledigt, um mir zu beweisen, daß ich stark bin. In Paris liebt mich jemand: Ich werde zurückkehren. Es regnet und es ist neblig; vier Uhr, und der Tag geht schon zur Neige. Es wäre schön, jetzt in einer wohlig warmen Stube mit ihm Tee zu trinken. Wir würden von der Zeit reden, als wir klein waren. Es regnet, und es ist dunkel. Ich betrachte das Sanatorium genau, um das ganze Leid vorwegzunehmen, das ich darin erleben werde. So werde ich vielleicht weniger leiden. Männer und Frauen im Morgenrock, eingesunkene Augen, Hustenanfälle; ich fühle mich wieder krank werden. Warum bin ich zurückgekommen?

In meinem Zimmer lasse ich mich auf einen Stuhl fallen; ein schwerer Mantel, klebrig vor Langeweile, Krankheit und Verzweiflung, drückt meine Schultern nieder; mir ist kalt. Mein schöner Traum geht in Scherben. Ich höre die Stimme nicht mehr, ich bin nicht mehr umhüllt von seiner Liebe. Wenn uns morgens der Tag aus einem Traum weckt, versuchen wir die Augen zu schließen und uns nicht zu bewegen, um die Szene wiederherzustellen und weiterzuträumen. Doch das Tageslicht hat alles zerstört; die Worte haben keinen Klang, die Gesten keinen Sinn mehr. Wie bei einem Regenbogen, der verlischt: Ein paar Farbspuren überleben noch eine Weile, schwinden, scheinen zurückzukehren – dann ist nichts mehr da. So geht mein ganzer schöner Traum dahin. Kann es denn sein, daß da nichts mehr da ist? Sinnlos wiederhole ich: fortgehen von hier ... und versuche, die Scherben einzusammeln, um den gestrigen Abend wiederaufleben zu lassen. Doch es ist wie ein Trugbild, das zerfällt.

Morgen werde ich Dir schreiben und nicht mehr »Du« zu Dir sagen können, ich werde Dir schreiben und nicht alles sagen können, was ich Dir in meinem Herzen sage. Du, der Du dort geblieben bist, wo man lebt, kannst Du verstehen, daß ich gefangen bin? Ich habe keine Worte mehr. Benommen sitze ich da und spüre wie eine kalte, sichere Wahrheit, daß für die, die hier sind, nichts mehr möglich ist: Du kannst mich nicht weiter lieben.

Heute habe ich viele Briefe bekommen; seinen werde ich als letzten lesen. Vielleicht wird darin stehen, worauf ich warte.

Seit meiner Rückkehr haben seine Briefe mich enttäuscht und beunruhigt – ich glaube wirklich, er liebt mich nicht mehr. Seit zwei Jahren bin ich krank, oft abwesend; er hat weitergelebt; ich habe glauben wollen, er würde auf mich warten – doch hat er tatsächlich auf mich gewartet? Erschienen ihm die Dinge vorläufig und unvollständig? Wartete er auf meine Rückkehr, um sie zum Erblühen zu bringen? Oder ließ er sie ohne Bedauern sterben, weil er so sicher war, noch schönere zu finden, wenn ich wieder da wäre?

Es stimmt, daß ich ungeschickt bin; ich kann keine Gefühle ausdrücken; kaum habe ich ein paar Worte dazu gesagt, mache ich mich über mich selber lustig, mache ich mich über den anderen lustig, zerstöre ich die ganze Wirkung durch einen ironischen Satz. Es ist ein Mißtrauen gegen mich selbst; ich staune, mich meine Empfindungen preisgeben zu hören, wie alle anderen es tun. Ich höre mir zu, als wäre es jemand anderes, der da spricht, und glaube, nicht mehr aufrichtig zu sein; durch die Worte erscheinen mir meine Gefühle aufgeblasen und fremd. Ich meine dann, man wird mich belächeln wie ein kleines Mädchen, das von Dingen spricht, die es nicht kennt. Es ist nicht möglich, daß ich es bin, die sagt: Ich liebe Sie. Wenn man mir nun glaubte, und ich hätte mich getäuscht! Also muß ich meine Sätze immer mit einer Pirouette beenden, die zu sagen scheint:

»Sie lieben mich, da Sie es mir ja sagen; wenn ich jedoch liebe, wie ich es tue, fürchte ich, das ist so nicht richtig – gewiß können alle anderen besser lieben und es besser sagen als ich.« Ich habe Angst, eines Tages zu entdecken, daß ich nicht liebe, und lasse schon im voraus Zweifel an meinen Gefühlen entstehen, da ich befürchte, man könnte mir am Ende Unaufrichtigkeit vorwerfen; also male ich mir tausenderlei Umstände aus, in denen meine Liebe vermutlich nicht ausreichen würde. Ich behaupte, ich würde nicht treu sein, dabei verwehre ich es jedem anderen, mich ins Theater zu begleiten oder mir die Fingerspitzen zu küssen, um demjenigen, dem ich gesagt habe, ich liebte ihn nicht, nicht zu mißfallen, und sei es nur in Gedanken. Indem ich also leugne, daß mein Herz liebt, binde ich mich stärker als derjenige, der mir sagt: Ich liebe dich.

Ich wünschte, man würde mich durchschauen; doch man sieht nur die Pirouetten und die Ironie. Auch er hat wohl nur diese gesehen; ich habe ihm nichts anderes gezeigt. Habe ich seinem Warten nicht zuviel abverlangt? Aber in den letzten Tagen hat er mir doch Briefe geschrieben, in denen seine Eifersucht weiter durchschimmerte. Er muß mich wohl noch lieben. Dieser Brief wird vielleicht süß sein.

»Ich heirate ... Unsere Freundschaft bleibt ...« Ich weiß nicht, was geschehen ist. Ich bin ganz still sitzengeblieben, und das Zimmer hat sich um mich gedreht. In meiner Seite, da, wo ich krank bin, vielleicht etwas tiefer, fühlte es sich an, als schneide man mir langsam mit einem sehr scharfen Messer ins Fleisch. Plötzlich hatte sich die Bedeutung aller Dinge geändert. Es war wie ein angehaltener Film, dessen noch nicht abgespulter Teil keine Bilder enthält; und die Figuren auf den bereits gesehenen Aufnahmen waren zu Holzpuppen erstarrt – sie hatten keinen Sinn mehr. Reich waren sie durch mich und meine Erwartung; ich wußte nicht, was mit ihnen passieren würde, aber ich hatte ihnen meine Seele geliehen; da nichts mehr geschieht, wird die vorangegangene Bewegung leer und bricht; ich habe das Gefühl, mein Ich einem Gerippe gegeben zu haben, dessen Starrheit meiner Angst spottet – ich kann nicht einmal dagegen ankämpfen. Die Gesten, die sich in der letzten belichteten Aufnahme abzeichnen, tun weh; sie waren voller Versprechen; und die Einlösung dieser Versprechen ist ein leerer Film.

Wenn ein Schmerz unbekannt ist, hat man mehr Kraft, ihm zu widerstehen, denn man kennt seine Macht nicht; man sieht nur den Kampf und hofft, daß es später wieder ein erfüllteres Leben geben wird. Doch wenn man Bescheid weiß, möchte man mit erhobenen Händen um Gnade flehen und voll fassungsloser Müdigkeit sagen: »Nicht noch einmal!« Man sieht all die leidvollen Phasen voraus, durch die man wird gehen müssen, und weiß, danach kommt die Leere.

Es wird das Erwachen im Morgengrauen kommen, wenn der Schmerz noch ohnmächtig ist und man zu Gott betet, weiterschlafen zu dürfen. Wie ein in Watte gehüllter Tumor – und plötzlich ein heftiger, stechender Schmerz. Ein kleines, präzises Bild, das zwei Tage zuvor noch harmlos erschienen wäre; eine Geste, ein Blick, damals kaum bemerkt, nun in der Vorstellung an eine andere gerichtet, lassen das Herz in einem schmerzhaften Krampf stocken. Ein heimlich erdachter Plan, um »ihm« eine Freude zu machen, dessen Sinnlosigkeit sich nun zeigt wie eine rohe Fratze. Tagsüber oder am Abend gibt es Momente der Ruhe, in denen man sich wundert, nichts zu spüren; dann lauert man auf den Satz, den Ton, den Duft, der den Schmerz jäh wieder zum Leben erwecken wird. Der geringste Anlaß ruft Tränen hervor; ein dummer Satz in der Zeitung, über den man an einem anderen Tag die Schultern gezuckt hätte, wirkt zutiefst ergreifend. Und die andere, wie mag sie wohl sein? Man verleiht ihr alle Vorzüge, und man sieht die beiden zusammen allzeit in höchstem Glück; bevor die Nachricht kam, war dieses Glück belanglos erschienen. Doch jetzt fühlt man sich sehr elend, und man möchte schüchtern sagen: »Ich hätte Sie auch glücklich machen können; das hatten Sie mir gesagt.« Man begehrt auf, man verwünscht, man möchte eine Revanche. Aber die Revanche kommt nicht, oder zu spät, wenn man schon vergessen hat. Jetzt, jetzt wäre sie gut, denn so könnte die Liebe, die man noch hat, sich verausgaben und vielleicht siegen. Unsere Liebe hat keine Macht mehr über »sein Herz«. Doch wenn auf einmal »er«

wegen der anderen leiden müßte wie wir, oder wenn »er« uns vermißte und glaubte, es sei zu spät, so würde man mit Freuden herbeieilen, um ihn zu trösten; so tröstet die Liebe sich selbst, indem sie den tröstet, der sie verschmäht hat.

Es ist hart zu denken, daß er mich nicht mehr braucht.

Vielleicht erwächst dieses ganze Leid nur aus der Einbildungskraft, die konkrete Bilder erzeugt und die Gefühle übersteigert? Doch als ich las: »Ich heirate«, habe ich, ohne daß irgendein Bild im Spiel gewesen wäre, Schmerz empfunden, bloßen Schmerz, ohne jede Vorstellung.

Es war ganz natürlich, daß Sie mir von Ihrer »Freundschaft« erzählten, die nun reiner, da von Verlangen, Eifersucht, Erwartung frei sei. Man muß etwas geben; also denkt man an Freundschaft, »diese edlere Schwester der Liebe«, man bietet sie an und versucht dabei darzulegen, daß sie viel besser sei als die Liebe, die man vorher gab und die man nun einer anderen gibt.

Sie sind ziemlich überzeugend; übrigens ist man nie so überzeugend, wie wenn man in Ihrer Lage ist. Da man sich erst einmal selbst überzeugen muß, findet man geschickte Argumente und einen herzlichen, überaus wirksamen Ton. Und wenn man mit seiner Beweisführung fertig ist, ist man so zufrieden mit seiner Leistung, daß die angesprochene Person, wenn sie nicht überzeugt ist, wirklich nur einen schlechten Charakter haben kann.

Wissen Sie denn, was Freundschaft ist? Glauben Sie, es sei ein laueres Gefühl, das sich mit den Resten und den kleinen Diensten begnügt, die einander zu erweisen man nicht vermeiden kann? Freundschaft, so glaube ich, ist eine Liebe, die stärker und ausschließlicher ist … doch weniger »marktschreierisch«. Auch die Freundschaft kennt die Eifersucht, die Erwartung, das Verlangen …

Sie waren mein Freund, Sie wollten mich heiraten; das war wohl viel Liebe auf einmal.

Und in dem ersten Brief, den ich ein paar Tage nach meiner Ankunft im Sanatorium bekam, haben Sie geschrieben: »Ich weiß, daß Sie jetzt ernsthaft krank sind. Aber diese Krankheit haben Sie sich gewiß nicht durch Aufopferung für einen anderen zugezogen.« Folglich schuldeten mir die anderen nichts, denn die Regel jeder Freundschaft auf der Welt, die Regel der Ihren war: »Gibst du mir, so geb ich dir.« Ich forderte oft, ich gab nicht immer: Nirgendwo sonst hatte ich die Ursachen dessen zu suchen, was mir eine Abwendung Ihrerseits zu sein schien.

Sie schrieben mir Liebesbriefe, Sie schrieben mir eifersüchtige Briefe; einmal waren Sie einen ganzen Abend unglücklich, weil ein Freund zu lange zwischen uns geblieben war, und Ihr letzter Brief sprach von soviel Leid, daß Sie ihn nicht zu Ende schreiben konnten. Und dann: »Ich heirate … Unsere Freundschaft bleibt.« Ich sage nicht, daß Sie mir etwas vorgespielt haben; nur ist es nicht von einem Tag auf den anderen gekommen, daß Sie mich nicht mehr lieben.

Sie nannten mich »meine Große«; ich war die, die alles wissen, und Sie der, der alles hören sollte. Doch Sie haben nicht gesprochen. Sagen Sie mir nicht, das sei meine Schuld und ich hätte Sie fragen müssen. Ein Freund braucht keine Fragen, um sich anzuvertrauen.

Unsere Freundschaft wird in Zukunft etwas sehr Hübsches sein; wir werden uns Ansichtskarten von unseren Reisen und zu Neujahr Pralinen schicken. Wir werden uns gegenseitig besuchen; wir werden einander von unseren Plänen erzählen, wenn diese dabei sind, sich zu verwirklichen, um den anderen ein wenig zu kränken und im Falle eines Scheiterns sein Mitleid nicht erdulden zu müssen; wir werden vorgeben zu sein, was wir zu sein glauben, und nicht, was wir sind; wir werden einander oft »Danke« und »Verzeihen Sie« sagen, freundliche Worte, die man so dahinsagt. Wir werden Freunde sein. Glauben Sie, daß das nötig ist?

14. Dezember 1930

Es gibt Romanzen, die wie Ihr Brief beginnen: »Sie, die ich so sehr geliebt habe …« Diese Vergangenheitsform, wenn die Gegenwart noch so nah widerhallt, ist traurig wie das Ende von Festen, wenn die Lichter ausgehen, wenn man allein zurückbleibt und den Paaren nachblickt, die in die dunklen Straßen hinausgehen. Es ist zu Ende: Man hat nichts mehr zu erwarten und bleibt doch noch endlos so stehen, wohl wissend, daß nichts mehr kommen wird. Ich höre Ihre Gitarrenklänge und ab und an einen wiederkehrenden Refrain: »Ich hätte Ihnen kein Glück schenken können.« Ein altes Lied aus früherer Zeit, einer getrockneten Blume gleich … Wird die Vergangenheit so schnell zu etwas Altem?

Glück? Das ist ein Klagewort. Und Sie, Sie personifizieren es, Sie identifizieren, definieren es. Kann man wirklich davon sprechen, wie Sie es tun?

Wenn ein Duft gefällt, so versucht man ihn festzuhalten, ihn wiederzufinden; man läßt sich nicht vollständig von ihm berauschen, um ihn analysieren zu können und ihn allmählich in sich aufzunehmen, bis sich der Sinneseindruck durch die bloße Erinnerung wiederherstellen läßt; wenn der Duft wiederkommt, atmet man ihn langsamer, vorsichtiger ein, um auch die feinsten Nuancen zu erfassen. Eine starke Duftwolke steigt einem zu Kopf, hinterläßt jedoch das aufreizende Gefühl von etwas Unfertigem, Unvollendetem. Oder sie läßt einem auf unangenehme Weise den Atem stocken, man möchte sie loswerden, um wieder frei zu atmen, oder aber es ist ein heftiger, zu schnell wieder vergangener Rausch, weil nur das Nervensystem berührt worden ist. Es ist Glück, überwältigt zu werden und nichts mehr zu wissen. Doch noch ein Eckchen Bewußtsein zu haben, das immer weiß, was geschieht, und das durch dieses Wissen dem gesamten intellektuellen, vernünftigen Wesen erlaubt, in jeder Sekunde an dem gegenwärtigen Glück teilzuhaben, dieses Eckchen Bewußtsein zu haben, das die Entwicklung der Freude langsam nachvollzieht, das ihr bis an die äußersten Enden folgt, ist das nicht auch Glück? Es gibt ein Eckchen, das nicht mitschwingt, doch dieses Eckchen bleibt Zeuge der erlebten Freude – das, was sich erinnert und sagen kann: Ich bin glücklich gewesen und ich weiß, warum. Ich will gerne den Kopf verlieren, aber ich will den Augenblick begreifen, da ich den Kopf verliere, und die Erkenntnis des abdankenden Bewußtseins soweit wie möglich treiben. Man soll sein Glück nicht in Abwesenheit erleben.

Dieses Eckchen von mir hat Sie beurteilt, hat Sie gemessen; und als ich Sie beurteilte und maß, sah ich Ihre Schwächen, Ihre Unzulänglichkeiten; was ist schlecht daran, wenn ich blieb, wenn ich diese Unzulänglichkeiten akzeptierte, wenn ich sie liebte? Ach! Mann, Du willst immer, daß man Dich bewundert. Du urteilst nicht, Du mißt die Frau nicht, die Du liebst. Du bist da, Du nimmst sie; Du ergreifst Dein Glück, sie scheint nicht mehr bei sich, völlig entrückt zu sein: Du bist glücklich. Sie hat Dir entgegengeschrien: Ich liebe Dich, und Du bist befriedigt. Du bist nicht grob; Du bist sanft, Du sprichst zu ihr, Du sorgst Dich um sie; Du tröstest sie mit zärtlichen Worten, Du wiegst sie.

Aber Du beurteilst sie nicht, da Du von ihr ja verlangst, durch Dich glücklich zu sein und Dir zu sagen, daß sie durch Dich glücklich ist. Wenn Du jedoch bemerkst, daß zwei Augen Dich ansehen und lächeln, begehrst Du auf. Du hast das Gefühl, man hat Dich »gesehen«, und gesehen werden willst Du nicht: Du willst einfach nur »sein«. Beunruhigt fragst Du dann: »Woran denkst Du?«

Ich denke an Dich. Du hast ein kehliges kleines Lachen und Zähne, die ich nicht mag. Deine Augen verengen sich leicht, als wollten sie in den Geist Deines Gegenübers eindringen und ihm zeigen, daß Du ihn durchschaut hast. Deine Lippen sind leicht aufgeworfen über schwarz wirkenden Zähnen, und Dein ganzer Kopf reckt sich vor. Diese Haltung nimmst Du ein, wenn Du eine brillante Theorie vorträgst, die Du gerade entdeckt hast, oder wenn Du einen Weg gefunden hast, etwas, das man für einen schönen Gedanken hielt, auf ein armseliges Gefühl zurückzuführen. Dann siehst Du aus wie ein kleiner Krämer, der sich nichts vormachen lassen will. Wenn Du so bist, bin ich peinlich berührt, denn Du setzt Dich damit herab. Doch wenn irgend jemand diesen kleinen Fehler bemerkte und anspräche – ich würde sehr böse werden. Auf Gebieten, von denen Du nichts zu verstehen behauptest, fällst Du manchmal seltsame Urteile. Du vernichtest ein Bild, ein Musikstück, ein Gedicht mit den Worten: Das ist billig. So scheinst du den sicheren Stand wiederfinden zu wollen, der für einen Augenblick durch etwas gefährdet war, das größer ist als Du; und Du hast eine solche Angst, als Snob zu gelten, daß Du das Schöne verleugnest, das Du empfunden hast. Ich weiß das, und ich mag es nicht. Doch wenn jemand die leisesten Zweifel an Deinem Geschmack und Deinem Verstand andeutete, würde ich scharf antworten, als beleidigte man mich. Du bist ein wenig eitel, Du siehst Dich verstohlen im Spiegel an, ein zufriedener Blick, Du richtest Dich auf, wenn Du an einer Frau vorbeigehst, und behältst sie mit gespielt gleichgültiger Miene im Auge; wenn sie Dir einen Blick zugeworfen hat, dann hast Du ihr sicher gefallen; und wenn man Dir von einer Frau erzählt, unterbrichst Du, um zu fragen: »Ist sie hübsch?« Du amüsierst mich, und ich würde gern spöttisch lächeln. Aber wehe, man sagt, Du seist ein »Schwerenöter«; Deine Schwächen gehören mir. Ich habe Dich unermüdlich beobachtet und sie nach und nach entdeckt. Ich leide darunter, daß Du sie hast, aber ich würde nicht wollen, daß Du Dich änderst. Ich erwähne sie Dir gegenüber manchmal mit einem Lächeln. Ich möchte Dich nicht kränken, Dir auch keine Ratschläge geben. Ich möchte, daß Du weißt, was ich weiß; und ich wünschte, statt zu versuchen, Dich anders zu geben, als Du bist, würdest Du mir all Deine kleinen Häßlichkeiten zeigen. Ich würde sie lieben, denn sie wären ganz mein. Die anderen würden sie nicht kennen, und dadurch wären wir außerhalb der Welt verbunden. Nichts ist liebenswerter als die Schwächen und Fehler: Durch sie dringt man zur Seele des geliebten Menschen vor, der Seele, die sich in dem Wunsch, wie alle anderen zu erscheinen, ständig verbirgt. Es ist wie bei einem Gesicht. Die anderen sehen nur ein Gesicht; doch man selbst weiß, an welcher Stelle genau die Kurve der Nase, statt ihre ideale Linie fortzusetzen, unmerklich bricht, um eine gewöhnliche Nase zu bilden; man weiß, daß die Poren der Haut aus der Nähe grob und schwarz sind; man hat den Fleck in den Augen gefunden, der mitunter den Blick erlöschen läßt, und den Millimeter zuviel, den die Lippe aufweist, um noch vornehm zu sein. Diese kleinen Makel möchte man lieber küssen als das Vollkommene, weil sie so arm sind und gerade sie es ausmachen, daß dieses Gesicht nicht das eines anderen ist.

Beklage Dich nicht darüber, daß ich Dich beurteile und messe – so kenne ich Dich besser, und ich liebe Dich deswegen nicht weniger. Nicht ich bin es, die kein Glück empfand, sondern Sie. Sie hätten den Satz in Ihrem Brief umdrehen und schreiben sollen: »Sie wissen doch, daß Sie mir kein Glück schenken konnten, denn selbst in den Momenten der größten Nähe haben Sie immer ein Eckchen von sich zurückbehalten … das nicht mitschwang … das mich beurteilte.«

Im übrigen: Waren Sie es denn, den ich beurteilte, oder war ich es selbst? Sie wissen ja, daß ich mir immer beim Leben zusehe, daß ich über mich spotte, daß ich mich schlechtmache, über meine Impulse und Überschwenglichkeiten lache, daß ich mir selber alles Selbstvertrauen nehme. Also hatte ich auch kein Vertrauen in Sie. Ich war mir nicht sicher, trotz all Ihrer Liebe. Sie hatten viele Freundinnen – das warf ich Ihnen nicht vor; ich hätte Sie gern über sie reden hören, um zu erfahren, was Sie zu ihnen hinzog und von mir weg. Doch Sie erzählten mir nicht viel. Ich dachte, daß Sie mich nicht liebten, und traute mich nicht, Ihnen Fragen zu stellen, obwohl ich so gern mehr gewußt hätte. Ein Blick, ein Wort, ein Schweigen beunruhigen mich … aber ich sage: »Sie sind frei«, denn ich will nicht, daß man unter Zwang bleibt, und möchte doch, daß man trotzdem bliebe. Nur kann ich es so gut verstehen, daß man mich nicht mehr liebt, daß ich jeden Versuch zu kämpfen und etwas festzuhalten dumm von mir finde. Das wäre so vergebliche Mühe, daß ich mich beim geringsten Anflug von Auflehnung selbst auslache: »Du, eifersüchtig? Ach! Nein, das steht dir nicht zu: Sag lieber nichts. Du würdest nichts gewinnen als ein Lächeln, ein paar quälende Beschwichtigungen … Und er würde trotzdem gehen, nicht früher und nicht später … Also: Sie sind frei.«

Ich versuchte, mir einen kleinen Halt außerhalb von Ihnen zu bewahren, um mich an dem Tag, da Sie mich nicht mehr lieben würden, daran festklammern zu können. Dieser kleine Halt, das war kein anderer, kein Traum, kein Bild. Es war das, was Sie meinen Egoismus und meinen Stolz nannten; was ich im Leid wiederfinden können wollte, war ich selbst. Ich wollte mich auf mich selbst zurückziehen können, alleine mit meinem Schmerz, meinen Zweifeln, meinem fehlenden Glauben. Weil ich mich spüre, habe ich in der Not die Kraft weiterzumachen. Wenn alles sich ändert, wenn alles mir weh tut, bin ich doch selbst noch bei mir. Um mich ganz zu verlieren, hätte ich sicher sein müssen, daß ich mich nicht mehr brauchte.

Sie beschreiben mir Ihre Verlobte in einem langen Satz, der sich im Rhythmus ihres Gefühls entfaltet; er dehnt sich langsam aus, dann neigt er sich allmählich seinem Fall zu und hört still auf, endgültig, ohne die Kraft, noch weiterzugehen; da steht er, angehalten für alle Zeit, so wie Sie an IHRER Seite stehen.

Wenn ich sehr eitel wäre, würde ich denken, Sie liebten mich noch und nur aus Pflichtgefühl, um einem jungen Mädchen, das an Sie glaubt, nicht weh zu tun, entfernten Sie sich von mir, um sie zu heiraten. Doch keine Sorge, ich bin nicht eitel; ich mußte nur über ein paar Wendungen lächeln: »verpflichtet«, »Angst, sie zu enttäuschen«. Ich habe auch gedacht, wenn ich Ihre Verlobte wäre und diesen Satz läse, wäre ich traurig. Ich würde nicht wollen, daß man mich heiratet, um mich nicht zu enttäuschen; um mir nicht zu zeigen, wer man ist. Diese halbe Lüge als Grundlage einer Verbindung würde mich kränken; ich glaube, dann würde ich lieber gehen. Aber das sind meine Vorstellungen. Im übrigen hat Ihre Verlobte diesen Satz nicht gelesen; sie weiß nicht, »wer Sie sind«. Und wenn sie es wüßte, wäre sie wahrscheinlich glücklich über diese Huldigung Ihrer Liebe. Ist eine liebende Frau nicht entzückt, wenn ein Mann sie zum Lohn für ihre rückhaltlose Liebe erwählt? Sie bereichern Ihr Gefühl um eine vage, glückliche Dankbarkeit für das Glück, das SIE Ihnen schenkt, dessen Sie nicht würdig sind und das Sie ihr nicht werden zurückgeben können. All das, zusammen mit einer Spur Aberglauben, läßt mich »mit den Zähnen knirschen«;

ich weiß nicht, warum, denn was Sie da sagen, ist das ewig dumme, doch ewig wahre Lied derer, die lieben und geliebt werden. Ich spotte nicht. Was Sie mit diesem Satz, mit all diesen Worten sagen, ist, daß Sie lieben, und daß Sie eine andere Frau lieben als mich, daß Sie sie für all das lieben, was sie von mir unterscheidet, daß Sie sie seit langem lieben, ohne es mir je sagen zu wollen.

Letztes Jahr auf dem Land waren wir am Tag nach Ihrer Ankunft den Hang bis auf halbe Höhe hinaufgestiegen; wir saßen im hohen, trockenen Gras und blickten über das Tal, ich war dicht neben Sie gerückt. Ganz vorsichtig habe ich Sie auf Ihre Freundin angesprochen; Sie haben nicht geantwortet. Da ich nicht abließ, haben Sie etwas schroff gesagt, das sei ein Teil von Ihnen, den ich nicht möge und den Sie mir lieber nicht zeigen wollten. Ihr Blick ist in die Ferne geschweift; und Ihre Hand vollführte die Geste von jemandem, der sich unverstanden fühlt; dann haben Sie mich angesehen, in Ihren Augen lag die Überlegenheit dessen, der nichts sagen will. Sie haben von anderen Dingen geredet. Ich bin verstummt; ein dunkler Schleier hatte sich über meine Wiedersehensfreude gelegt. Seit sechs Monaten war ich krank, fern von Ihnen. Sie hatten mich nicht vergessen, aber jemand ließ Sie mich anders sehen, als ich war. Sie haben mir meinen Charakter, meine Neigungen vorgehalten … Sie haben Partei ergriffen für etwas, das ich nicht mochte; ich spürte dunkel, daß Sie an eine andere dachten, die ganz mein Gegenteil war, und daß Sie ständig Vergleiche anstellten. Sie hatten ein festes Bild von mir; und Sie lauerten in meinen Worten, meinen Gesten auf alles, was sich irgendwie in dieses Bild zwingen ließ.

Sie haben mir engherzige Gefühle unterstellt, einen ungeheuerlichen Egoismus, maßlose Forderungen ... Und ich habe darauf verzichtet, Ihnen zu sagen, daß Sie sich täuschten, denn Sie hatten die Selbstgewißheit dessen, der sagen kann: »Das ist nicht wahr«, und zu jenem Lachen fähig ist, das jeden Einspruch im Keim erstickt, weil man spürt, daß nichts »seine Wahrheit« erschüttern kann. Sie haben gutgeheißen, was Sie früher dumm fanden, Sie haben verraten, was Sie im Innersten zu denken schienen. Es war, als versuchten Sie, mich in Ihnen zu töten. Es hat mir weh getan; was kümmerten mich die Fehler, die Sie mir vorhielten, und die Vorzüge, die Sie mir zuerkannten; doch Sie wollten mich nicht mehr sehen, wie ich war; und ich habe darüber geweint, mich auf diese Weise vernichtet zu sehen.

Sie haben mir erklärt, wie Sie erkennen, daß eine Frau Sie »ohne Ansprüche und ohne Forderungen« liebt.

Wenn Ihnen danach ist, einen ganzen Tag lang ins Wasser zu spucken, um Kringel zu machen, wird die Frau, die Sie liebt, den ganzen Tag an Ihrer Seite bleiben, ohne etwas zu sagen, und Ihnen dabei zusehen, wie Sie Wasserkringel machen; sie wird glücklich sein, weil Ihnen dieser Zeitvertreib gefällt. Und wenn Ihnen jeden Tag danach ist, Wasserkringel zu machen, wird diese Frau jeden Tag dabeisitzen und Ihnen zusehen. Sie haben hinzugefügt, ich würde das nicht fertigbringen. Das muß ich wohl oder übel zugeben. Ich würde erst einmal versuchen zu schlafen oder selbst irgend etwas zu tun; wenn das nicht ginge, könnte ich es mir nicht verkneifen, Ihnen zu sagen, daß Sie ein Dummkopf sind und daß Sie mich lieber küssen sollten. Dann würde ich mich neben Sie setzen und auch Wasserkringel machen, um dasselbe zu tun wie Sie, und ich würde das Spiel der größten und der kleinsten Kringel erfinden. Hätten Sie es denn ausgehalten, an meiner Seite zu bleiben und mir dabei zuzusehen, wie ich Wasserkringel mache?

In Korsika bin ich einmal nach einem langen Ausritt durch die Macchia auf einen offenen Weg hinausgetreten. Ich führte mein Pferd am Zügel; sein Kopf war über dem meinen, und ich verschwand fast zwischen zwei Erdbeerbäumen; vor meiner Brust hielt ich rosa Pfingstrosen. Ich hätte gewünscht, Sie wären da und könnten den Duft der Macchia-Pflanzen riechen; dann hätten Sie verstanden, was mich manchmal zum Wilden hinzieht; Sie wären einfach und wild gewesen wie ich, und wir hätten uns geliebt. Ich habe mein Pferd fest umarmt und dabei die Pfingstrosen zerdrückt. Es war niemand da, der lieben konnte, was ich liebte.

In den Gondeln von Venedig, abends auf den fauligen Kanälen, wo unter den dreifarbigen Laternen entlang der toten, traurigen Paläste heiser das *Sole mio* erklingt, habe ich geweint, weil ich allein war und wußte, daß Sie sich nicht mit mir von diesem morbiden Zauber gefangennehmen lassen wollten.

Auf den Berghöhen, als ich über die weiten, weißen Schneehänge glitt wie in einem Traum, habe ich daran gedacht, den wunderbaren Ausblick in meinem Herzen zu bewahren, um ihn, wenn ich zurück wäre, für Sie aufleben lassen zu können; ich habe nach glühenden Worten gesucht, die Sie meine Freude teilen lassen und in Ihnen den Wunsch wecken könnten, mit mir zu kommen. Doch bald haben Sie nicht mehr zugehört und ein finsteres Gesicht gemacht.

Ich habe versucht, Sie zu einzigartigen Tanzaufführungen und Konzerten mitzunehmen. All mein Wollen war darauf ausgerichtet, Sie zu erfreuen, und mein Glück war größer, wenn etwas Sie ergriff. Doch Sie wehrten sich, mich zu begleiten, bis Sie schließlich gar nicht mehr mitkamen.

Wo immer ich war, Sie waren in mir. Sie schoben sich vor meine Empfindungen. Die waren traurig, weil Sie nicht da waren. Ich versuchte, sie in allen Einzelheiten zu bewahren, um sie beinahe im Rohzustand zu Ihnen zu tragen. Haben Sie nie die Leidenschaft gespürt, mit der ich versuchte, sie für Sie lebendig werden zu lassen? Ich dachte daran, Sie immer bei mir zu haben, damit Sie spürten, was ich spürte, damit nichts, was ich erlebte, in Ihrer Abwesenheit geschah: das Leuchten der Sonne in meinen Augen, die Haltung meines Körpers in einem Tanz … Und ich wurde ungehalten, wenn ich etwas in mir erblühen fühlte und Sie waren nicht da. Ein Erfolg beglückte mich, denn ich konnte Ihnen davon erzählen; ein Ärgernis wurde leicht, denn ich konnte mit Ihnen darüber reden. Ich wollte mehr tun, immer noch mehr, um diesen wachsenden Reichtum zu Ihnen zu tragen.

Und abends in den Straßen von Paris, durch die ich sonst immer lief, ohne irgend etwas zu sehen, habe ich versucht zu lieben, was Sie liebten. Schüchtern schob ich meinen Arm unter den Ihren, wie es alle Paare auf der Straße taten, und voller Neugier zu empfinden wie Sie, habe ich den Duft des Nebels, die Tuchfühlung mit der Menge, das aufgeregte Hin und Her der Ladenmädchen geliebt. In den dunklen Straßen habe ich, der mir jede öffentliche Zurschaustellung zuwider ist, Lust – eine verbotene Lust – daran entdeckt, Ihre Küsse zu erwidern, die nicht sonderlich »bequem«, doch süß waren, weil Sie sie liebten. An heißen Sommernachmittagen haben wir auf dem Sofa in meiner kleinen Kammer Romanzen gesungen, zehn Jahre alte Schlager; die Texte waren dumm, und ich bin nicht sentimental; aber mit Ihnen, dessen Gemüt »seelenvoller« ist als meines, habe ich mich in den Bann der einfachen Melodie dieser Lieder ziehen lassen, dieses ungeschliffenen Gesangs der menschlichen Zärtlichkeit, von dem sich die Menge bewegen und fesseln läßt. Der *»tango du rêve, tango d'amour«* ließ mich näher an Sie heranrücken … Ich hätte gern gelesen, was Sie lasen, und gesehen, was Sie sahen. Doch Sie sagten mir davon nur ein paar flüchtige Worte, als sei das nichts für mich.

Wenn man in meinem Beisein von Liebe sprach, dachte ich an die Ihre und lächelte; wenn man von den »Männern« sprach und von dem Leid, das sie den »Frauen« zufügen, lächelte ich wieder, denn ich dachte, Sie gehörten nicht zu diesen »Männern«.

Doch all das hieß nicht, Sie zu lieben, denn ich wollte mich ja weiter bereichern, ich wollte mich nicht auslöschen, um zu einem willigen Etwas zu werden, das nicht mehr danach strebt zu wachsen, sondern in kindlicher Bewunderung des geliebten Mannes eindämmert und sich von ihm leiten läßt.

Es ist eigenartig, wie oft ein Mann in dem Moment, da er sich mit der Frau zu verbinden gedenkt, die er seit langem liebt, plötzlich von moralischen und gesellschaftlichen Prinzipien heimgesucht wird. Er liebte diese Frau, weil sie stark, unabhängig und voll eigenwilliger Gedanken war; wenn er ins Auge faßt, sie zu heiraten, verwandeln sein Beherrschungswille, seine Eigenliebe und seine Sorge um die öffentliche Meinung die Stärke in Revolte, die Unabhängigkeit in Stolz und schlechten Charakter, die eigenwilligen Gedanken in Egoismus und Ansprüche. Er weist darauf hin, daß das Leben aus alltäglichen kleinen Vorfällen besteht, denen man sich beugen muß und angesichts deren man sich eine »vernünftige Einstellung« zulegen muß. Es empfiehlt sich, die Rollenverteilung von vornherein zu klären, denn die Zeit der Kinderspiele ist vorbei. Der Mann wird seine Frau ehrerbietig und liebevoll behandeln; er wird ihr mit sanfter Stimme sagen, man dürfe nicht an diesen Ort gehen oder an jenen, man müsse sich auf diese Weise verhalten und nicht auf solche, weil alle Welt es so halte; die Frau wird sagen: »Ja, mein Schatz«; und wenn sie mit ihren Freundinnen zusammen ist, wird man hören, wie sie in den universellen Chor einstimmt, der stolz und immer wieder diese Worte im Munde führt: »mein Mann«. Sie spricht sie mit hochmütigem Entzücken aus, voller Verwunderung, nunmehr zu jener Elite zu gehören, die sagen darf: »mein Mann«. Eine jede will die andere übertrumpfen mit dem, was der »Mann« macht, was der »Mann« sagt; alle Zärtlichkeiten, alle Vorwürfe des »Mannes« werden selig offenbart, als wären es lauter Juwelen, die der jungen Frau als Opfergaben dargebracht wurden. Auf jede Frage, bei jedem angeschnittenen Thema kann man sicher sein zu hören: »Ich will meinen Mann fragen«, oder: »Mein Mann hat gesagt …« Während ich diese Zeilen schreibe, höre ich auf der Terrasse nebenan eine Gruppe von hübschen jungen Frauen, die sich angeregt und vergnügt unterhalten. Ich verstehe nicht, was sie sagen; doch ich kann deutlich den unablässig wiederkehrenden Refrain erkennen: »mein Mann«. Wenn ich ihnen beim Spazierengehen oder beim Mittagessen begegne und ein paar Worte ihrer Unterhaltung aufschnappe, sind diese Worte stets: »mein Mann«. Muß man wirklich so werden, und kann man nur mit den Gedanken seines Mannes denken? Man mag mich belächeln und denken, daß ich nur aus Trotz ironisch werde. Aber all diese Frauen, die von ihrem Mann reden, langweilen mich so!

Viele Sätze in Ihrem Brief haben in mir solche »frauenrechtlerischen« Gedanken hervorgerufen. Haben Sie absichtlich nicht verstehen wollen, warum ich Sie bat, mir meine Photographien zurückzugeben? Ich bin nicht so eitel zu glauben, sie würden Sie an mich erinnern und diese Erinnerung könnte Sie in Ihrem neuen Leben stören; der Alltag wird die Lebendigkeit des Vergangenen schnell abnutzen. Ich wollte auch nicht die konventionelle Geste der Liebespaare tun, die sich trennen. Ich würde Ihnen alle diese Dinge aus der Vergangenheit gerne lassen, denn sie haben keinen Sinn und keine Bedeutung mehr. Doch ich habe an Ihre Frau gedacht. Daß Sie ihr nicht von mir erzählen, kann ich verstehen; aber dann dürfen Sie nichts von mir behalten – das wäre ein unliebsames Geheimnis, das sie entdecken könnte. Und wenn Sie ihr doch von mir erzählen, verspüre ich ein gewisses Unbehagen bei der Vorstellung, es könnte im gleichen Ton geschehen, in dem Sie mir von anderen Frauen erzählt haben, die Sie geliebt hatten. Eine gab es, von der Sie mir sagten, um Ihre Trennung zu erklären: »Ich hatte genug.« Ihre Augen waren hart geworden, Ihre Stimme heiser und kehlig, und Ihr Blick hatte sich eine Weile in der Ferne verloren. Das war ein unwiderruflicher Grund; dasselbe sagt man, wenn man nach einem guten Essen vom Tisch aufsteht – jedes Drängen wäre unangebracht. Ein paar Sekunden später haben Sie sich lange die Augen gerieben und mit einem Seufzer, der aus tiefstem Herzen kam, hinzugefügt: »Sie hat geheiratet; ich wünsche ihr aufrichtig alles nur erdenkliche Glück.« Ich weiß nicht, warum man der Art, wie ein Freund später über einen reden wird, Bedeutung beimißt. Ist es Stolz? Man will nicht behandelt werden wie andere. Daher möchte ich mir im Moment lieber vorstellen dürfen, daß Sie niemals von mir sprechen werden. Doch da sind meine Photographien, die Ihre Frau finden kann. Sie werden mir sagen, daß Sie den Schmerz, den diese Entdeckung ihr bereiten könnte, »auf sich nähmen«. Ich möchte nicht, daß Sie das »auf sich nehmen«. Das kränkt mich in einem tiefen Gefühl weiblicher Eigenliebe. Ich stelle mir vor, daß Sie sie trösten werden; Sie werden viel zärtlicher, schmeichelnder, aufmerksamer sein als sonst; Sie werden die Fragen durch Liebkosungen vergessen machen: Sie werden das »regeln«. Spüren Sie nicht, welche Demütigung das sein und welcher Haß daraus erwachsen kann? Ich will nicht, daß Sie meinetwegen diese Tröstung auf sich nehmen müssen.

Warum fragen Sie mich: »Ob es denjenigen gibt, für den Sie geschaffen sind?« Zu einer Frau sagt man: »Der, für den Sie geschaffen sind«, und zu einem Mann: »Die, die für Sie geschaffen ist«; hört man je: »Die, für die Sie geschaffen sind«? Der Mann ist; alles scheint zu seiner Verfügung zu stehen … irgendwo auf der Welt sogar eine Frau nach seinem Belieben, deren Verbindung mit ihm schon von Geburt an vorbestimmt war. Diese Worte – »für den Sie geschaffen sind« – schließen eine gehorsame, ergebene Anpassung ein, von der das Glück einer Frau abhängt. Seltsam: Die Frau ist für den Mann geschaffen, und ihr wird das Glück zuteil. Kann der Mann kein Glück erlangen, oder besteht sein Glück darin, die willige Nachgiebigkeit derjenigen zu spüren, die für ihn geschaffen ist? Versucht ein Mann, der eine schöne Siamkatze streichelt, zu verstehen, was die hellen Augen des Tieres sagen? Oder meint er, die Liebkosung allein könne das Tier rühren?

Ich finde diesen Gedanken einer vorbestimmten Verbindung sehr hübsch. Eine Legende aus Japan, glaube ich, erzählt, bei der Geburt binde der Mond den Fuß eines künftigen Mannes mit einem roten Band an den Fuß einer künftigen Frau. Im Leben ist das Band unsichtbar, doch die beiden Menschen suchen einander, und wenn sie sich finden, erreichen sie das Glück auf Erden. Manche finden sich nicht; dann ist ihr Leben voller Unruhe, und sie sterben traurig; für sie wird das Glück erst in der anderen Welt beginnen; dort werden sie sehen, an wen das rote Band sie bindet. Ich weiß nicht, ob ich in dieser Welt das rote Band finden werde, das mich bindet; ich glaube, diese Legende ist, wie alle Legenden, eine poetische Tröstung. Ist der, für den man geschaffen ist, nicht der, für den geschaffen zu sein man annimmt? Für mich hätten Sie derjenige sein können.

Ich spüre in Ihrem Brief ständig das Bestreben, die einfache und alleinige Wahrheit, die er enthält, hinter wortreichen Ausführungen, Demutsbekundungen, ja beinahe hinter Ausflüchten zu verbergen. Manche davon sind amüsant.

»Wahrscheinlich hatten Sie recht, ich weiß … doch wer weiß, was geworden wäre, wenn Sie nicht recht gehabt hätten?«

So beenden Sie Ihren ersten Satz. Ich muß unwillkürlich an den allseits bekannten Spruch denken: »Was wäre, wenn das jeder täte!« Das ist ein Satz, den man benutzt, wenn einem nichts mehr einfällt; indem man zugleich die Augen leicht zum Himmel hebt, wie um ihn zum Zeugen anzurufen, erweckt man den Anschein, ein wertvolles Argument einzubringen. Wenn ich nicht recht gehabt hätte, kein Vertrauen zu haben, dann hätte ich am Ende entweder doch Vertrauen geschöpft … oder die Dinge wären weitergelaufen wie zuvor: Ich hätte kein Vertrauen gehabt, und Sie hätten mich weiter geliebt …

Warum diese Demut? »Ich weiß, was ich Ihnen schreibe, mag in Ihren Augen widersprüchlich erscheinen … weder Hand noch Fuß haben.«

Ich kann in den Gefühlen, die Sie mir dargelegt haben, keinen einzigen Widerspruch entdecken. Doch Sie sind derjenige, der sich aus dem Gefühl heraus, daß ihm die Argumente ausgehen (obwohl alles, was er gesagt hat, klar, endgültig, unumstößlich ist), seinem Gegenüber zuneigt, es fest ansieht, sich auf große Gefühle beruft und es hinnimmt, unlogisch zu erscheinen, damit man dem zustimme, was er sagt. Später wird er die Ordnung wiederherstellen und sich logisch finden. Beachten Sie im übrigen, daß ich es bin, die Sie unter diesem Deckmantel der mangelnden Logik bezichtigen. Ich müßte schon mit einer seltsamen Lust am Räsonieren geschlagen sein, um nicht zu begreifen und zu versuchen, von meinen »Gedanken« zu reden, während Sie Gefühle besingen. Ich will vielleicht nur bei dem Wort »Freundschaft« haltmachen, um lächelnd festzustellen, wie oft Sie es mir gegenüber jetzt gebrauchen. Wenn ich früher schüchtern »Freundschaft« sagte, erwiderten Sie ungestüm »Liebe«. Wenn ich heute etwas von meiner Liebe zeige, wirken Sie erstaunt und »zweifeln keinen Augenblick an meinen gegenwärtigen Gefühlen«.

Diese Floskel – »Ich zweifle keinen Augenblick« – räumt alles ein, was man nur will, weil sie ahnen läßt, daß es nichts mehr bedeutet; die folgenden Worte werden sein: »Aber ... es tut mir leid ...« Steht man unerschütterlich zu einem Entschluß, oder zu einer Schlußfolgerung, kann man mit Nachdruck versichern, »daß man keinen Augenblick zweifelt«. Sie haben aus der Vergangenheit einen Satz hervorgesucht, mit dem ich Ihnen zu sagen schien, daß ich Sie nicht mehr liebte: »Sie haben mir immer gesagt, was Sie in mir liebten, sei ›Bébé‹ gewesen, und Sie haben mir nicht verheimlicht, daß ›Bébé‹ nicht mehr war.« Und hinter diesem Satz verstecken Sie sich nun, ohne sich daran erinnern zu wollen, daß Sie ihn damals nicht akzeptierten. Heute begrüßen Sie ihn freudig, denn er enthebt Sie des Vorwurfs der Untreue. Ich könnte Ihnen meinerseits einfach sagen: »Sie haben mir oft gesagt, Sie würden auf mich warten ... Sie haben mir nicht gesagt, daß Sie nicht mehr auf mich warteten.«

Es ist eine Kunst, sich auf solche Weise den Rückzug zu sichern; und Ihr »… und Sie haben mir nicht verheimlicht« steht in bestem Einklang mit »ich zweifle keinen Augenblick«; ich sehe den kleinen Krämer vor mir, der sich aus einem Geschäft herauszieht, das er nicht mehr abschließen will.

»Bébé« war ein netter junger Mann, blaß und schwarzgekleidet. Er hatte schönes, blauschimmerndes Haar und eine dicke Brille, hinter der kleine braune Augen eindringlich hervorschauten. Respektlos wollten sie sein; in Wirklichkeit waren sie schüchtern und schienen sich auszuliefern. Bébé wirkte, als gehöre er keiner »Welt« an. Als wäre er außerhalb jeder Gruppe aus dem Boden gewachsen. Er hatte viele Systeme und Theorien; doch im Wechsel der Tage kamen und vergingen die einen wie die anderen schnell – es war, als hätte er gar keine gehabt. Er hatte sich alle Vorurteile bewahrt, schien ihnen jedoch keinerlei Wert beizumessen; er behielt sie nur bei, um diejenigen, die sich noch nach ihnen richteten, wie auch die, die sich von ihnen freigemacht hatten, verstehen zu können.

Er kannte mich nicht und kannte keinen meiner Freunde – er hatte in sich kein Bild von mir, dem ich gerecht werden müßte; und da er keiner »Welt« angehörte, hatte er auch kein Modellbild einer Frau im Kopf, wogegen das meine verstoßen könnte. Ich hatte sofort das Verlangen, ihm von mir zu erzählen. Seit jeher suchte ich jemanden, vor dem ich meinen Film ablaufen lassen könnte. Verspürt nicht jeder Mensch diese Schwäche? Ich sprach mit mir selbst, doch die Nüchternheit dieses Monologs ermüdete mich manchmal; es ist so viel bequemer, einen Vertrauten zu haben, der bedauert, zustimmt, zuhört; man gewinnt an Bedeutung; die Dinge, die man sagt, werden greifbar, bilden eine Romanwelt, in der man eine Rolle spielt. Bis zu welchem Punkt hält man sich an die reine Wahrheit? Dann entleeren sich diese kleinen Romane ihres Schmerzes; dieser erstarrt, wird zu einem der Seele äußerlichen Gebilde. Ab und zu brauchte ich diese Bequemlichkeit. Ich hatte mich zusammengenommen, um meine Integrität zu wahren; doch um mein Mißtrauen zu beschwichtigen, dachte ich nun, wenn ich mein Leben erst erzählt hätte, wäre es von allem Anekdotischen befreit – es würde sich mir in seiner innersten Bewegung offenbaren. Ich brauchte ein Double.

Ich fand Gefallen an dem schwarzgekleideten jungen Mann mit den Augen, die sich auslieferten; ich nannte ihn »Bébé« und sprach jeden Tag mit ihm. Ich erzählte ihm bis ins einzelne von jeder meiner Minuten, und wenn er nicht da war, war er es, mit dem ich fortan leise sprach. Alles bekam erst dann seinen vollen Wert und Geschmack, wenn ich es ihm dargestellt hatte; nicht daß ich mich von ihm hätte leiten lassen, doch er war der Punkt, von dem ich ausging, um zu agieren und zu reagieren. Und ich liebte ihn, als wäre er ich selbst. Ich hätte ihn gern sehr verwöhnt; er war mir kostbar, und ich hatte Angst, ihn zu verlieren.

Doch eines Tages spürte ich, daß Bébé nicht mehr war. Er trug nicht mehr seine schwarzen Kleider; er war in ein »Milieu« eingetreten, und den, der sich abseits hielt, verstand er nicht mehr. Hätte man ihn nur ein wenig angestachelt, er hätte »Horrido!« geschrien; und seine nunmehr feststehende Doktrin hieß, im Mittelmaß zu leben, um glücklich zu sein. Er wollte mir nicht mehr folgen. Und über meine Geschichten zuckte er die Schultern. Bébé war tot, und es war Bébé, den ich liebte. Aber der noch da war, glich ihm so sehr, daß die Illusion blieb, und ich gab nicht auf. Man trennt sich nicht von jetzt auf gleich von seinem Double, weil es plötzlich verschwunden ist. Man spürt seinem Bild, der Erinnerung an ihn nach; man wünscht, man hätte sich getäuscht; ich dachte, er wäre nicht tot, er käme später wieder, wenn es mir besser ginge. Konnte er denn alles, was ich ihm gesagt hatte, verworfen haben?

Sie haben meinen Einfluß »unheilvoll« gefunden. Heute erinnern Sie an diesen Einfluß und finden, er sei ein Beleg für unsere Freundschaft. Warum? Die Geschichten, die ich Ihnen erzählt habe, der Einfluß, den ich auf Sie haben mochte, sind nicht mehr. Wir haben den Grundton der beiden Menschen, durch die sie lebten, verändert ... Und was mich schmerzt, ist nicht so sehr der Tod einer Liebe als vielmehr der eines wirklich lebendigen Wesens, das wir beide zusammen erschaffen hatten, oder das ich vielleicht allein erschaffen hatte ... Dieses Wesen war eine Verbindung von Ihnen und mir, so wie wir einander wollten. Es waren Sie, so wie ich Sie brauchte – nicht etwa ein Bewunderer meiner Person, wie Sie behauptet haben, sondern ein Mann, der mich liebte; der sich, aufgrund dieser Liebe, für alles interessierte, was von mir kam; vor ihm konnte ich all meine Schwächen und all meine Stärken haben; ich konnte mich der Unordnung überlassen ... jener unerwarteten Unordnung der Gefühle, in der sich alle Instinkte in Worten und Schreien Bahn brechen, um anschließend dem sicheren Geleit der Seele zu erlauben, den Weg wiederzufinden und weiterzugehen. Und ich bildete mir ein, daß keine dieser Entblößungen Ihre Liebe und Ihr Vertrauen trübte.

Dann gab es in diesem erschaffenen Wesen auch die geheimnisvolle Frau, die ich für Sie war. Ich wußte nicht, welches Leben Sie bei mir fanden: Glück, Freude, Angst, Langeweile … Fragen über Fragen! Ich antwortete nicht darauf. In manchen Momenten hielt ich mich für unentbehrlich, in anderen für bloßes Beiwerk. Ich erlebte vertrauensvolle Augenblicke und traurige Stunden. Und es war notwendig, daß ich nicht wußte, was ich für Sie war, so wie es notwendig war, daß Sie nicht wußten, was Sie für mich waren. Der Zauber zwischen uns würde genauso lange andauern wie jene Unruhe in uns, die auf der Unkenntnis der Bilder fußte, die wir voneinander hatten. Wer hat diesen Zauber gebrochen? Wir haben gemeint, das feste Bild zu sehen, das der andere von uns hatte, und wir haben unser Bild von ihm in uns erstarren lassen. Ist es das, was uns getrennt hat?

Ach! Glauben Sie nicht, ich hätte Sie dann als »Lückenbüßer« betrachtet. Es hilft nichts, daß Sie sich wieder unterwürfig geben und sich selbst als »Objekt« bezeichnen. Ich kann mich des Eindrucks nicht erwehren, daß es falsche Demut ist, die Sie so sprechen läßt. Vor ein paar Monaten noch glaubten Sie, Sie kämen dem Mann nahe, der mir gefallen könnte. Sie wissen, daß Resignation nicht in meinem Wesen liegt; manchmal scheine ich zu verzichten, doch ich sinne stets über irgendeinen Weg nach, diesen Verzicht zu »wenden«. Wäre ich denn bereit gewesen, aus Resignation mit Ihnen zusammenzuleben? Der Drang zu lieben treibt mich nicht so sehr um, daß ich einen Lückenbüßer suchen würde; und selbst wenn es so wäre, wüßte ich nicht, warum ich auf Sie hätte kommen sollen; Ihr Abtrünnigwerden, wenn ich so sagen darf, würde mich nicht so schmerzen, wie es offenkundig der Fall ist; vielmehr würde ich mich damit abfinden, mir wieder ein neues Objekt zu nehmen. Gibt es nicht auch bei Ihnen, selbst wenn Sie sich ganz zurückzunehmen scheinen, eine recht deutliche kleine Eitelkeit, die nicht verzichtet?

Sie sehen in meinen Impulsen, in meinen Entscheidungen Absichten, die ich nicht habe. Ich denke, der klägliche Erfolg meiner Diplomatie in Liebesdingen beweist, daß ich mich nicht oft frage, ob ich recht habe mit meiner Liebe. Es hätte schon sein können, daß Sie für mich tatsächlich nur ein Lückenbüßer waren, doch ich habe Sie nicht so gesehen. Ich begann zu fühlen, daß Sie für mich einen besonderen Platz eingenommen hatten. Dabei verstand Ihre Intelligenz mich nicht besser, vielleicht weniger gut; Ihre Liebe gab keine zartfühlenderen Beweise; Ihre Ergebenheit trat nicht stärker hervor; vielleicht war alles an Ihnen mittelmäßig. Und doch war mir am liebsten, was von Ihnen kam. Warum?

Diese Vorliebe erklären Sie sich allein durch meine Lust, Sie zu lieben; und was Sie zu mir hinzog, war der Wunsch, mich zu erobern.

Nun war in Ihrer Liebe aber früher »dieser Wunsch, mich ganz zu erobern« verbunden mit einem viel größeren Anteil an Ergebenheit, Zuneigung, an unablässigen Gedanken ... Kurz, mit all jenen Gefühlen, die vermischt, verworren, eben das bilden, was man Liebe nennt. Jetzt besteht diese Liebe nur noch aus einem einzigen Bausteinchen, dem dürftigsten, dem fruchtlosesten von allen: dem »Wunsch zu erobern«, den Sie aufgeblasen haben, auf daß er alles mit seiner Leere erfülle. Lieben, das heißt für den einen erobern, für den anderen sich unterwerfen ... und alles übrige bekommt die unbestimmten Namen Freundschaft, Zuneigung, Ergebenheit ...? Soll ich an der Liebe oder an Ihnen zweifeln? Doch welch ein Glück, daß es zwischen uns nicht nur das gab; und das andere, was da noch war, das nannte ich Liebe.

In jenem traurigen Oktober, auf den Sie anspielen, war ich niedergedrückt von einem Schmerz, den ein anderer als Sie verursacht hatte. Sie waren es, den ich spontan und unter vielen anderen, die weit geeigneter schienen, erwählt hatte, damit er mir die Kraft zu vergessen und zu lachen wiedergäbe. Ich bat Sie, mir zuzuhören, wenn ich von dem anderen sprach; ich vermißte ihn, wenn Sie da waren, beinahe nahm ich es Ihnen übel, nicht er zu sein. Ihre zurückhaltende und beharrliche, uneigennützige und vielleicht heroische Liebe überwand meine Verstocktheit. Da Sie mich so sehr liebten, konnte ich nicht mehr leichtfertig sagen, daß alles hoffnungslos sei.

Und es war für mich sehr süß – eine Süße, die wohl die der Liebe sein mußte – zu sehen, wie Sie mich liebten, und bei Ihnen zu bleiben. Analysieren Sie diese Erinnerung nicht; ich kann in ihr nichts als Liebe sehen.

Was mich angeht, so weiß ich nicht recht, was mich dazu trieb, Sie in Versailles zu besuchen: Liebe, die Freundschaft eines Mannes? … ja, all das war es, was ich nicht benannte, was mich jedoch in jene Wirren stürzte, die man gewöhnlich bei sehr jungen Verliebten findet. Ich war nur einen Tag in der Woche in Paris; und das wichtigste an diesem Tag war, Sie zu sehen. Um eine Viertelstunde mit Ihnen zu verbringen, brachte ich meinen gesamten Nachmittag in einem Taxi zu, das mich zu Ihrer »Lehranstalt« fuhr. Bevor ich Sie gesehen hatte, war ich in erster Linie aufgekratzt; wenn ich Sie verließ, war ich niedergeschlagen wie nach dem Ende einer Erwartung. Ich sah Sie von Mittag bis ein Uhr. Um elf Uhr trank ich etwas Tee und um zwei aß ich zu Mittag, ohne Hunger, weil ein Kloß in meinem Hals auf- und niederstieg. Die Taxis waren zu langsam, die »Stockungen« quälend; an der Porte de Saint-Cloud wußte ich nie, welche Straßenbahn ich nehmen sollte; ich rannte von der einen zur anderen … und jedesmal, wenn ich mich umdrehte, fuhr die los, von der ich gerade weglief. In meiner Ungeduld stieg ich dann zu früh aus, oder wenn ich mich zur Ruhe zwang, verpaßte ich die sehnlich erwartete Haltestelle. Vor lauter Angst, ein paar Minuten zu spät zu kommen, begann ich zu laufen; dann blieb ich wieder stehen, weil ich zwanzig Minuten zu früh dran war. Ich glaube, am Ende kam ich immer zu spät. Ich brachte Ihnen Pralinen mit. In einem dunklen kleinen Raum setzten wir uns auf zwei harte Stühle. In einer Ecke war immer ein kleiner Annamite, der den Holzboden wachste. Er war nicht zu hören ... und plötzlich bemerkte man ihn. Er störte uns sehr. Stumpf sah er uns an. Hatte er verstanden? Er ging hinaus. Wir blieben nebeneinander sitzen und wurden die ängstliche Unruhe nicht los, die Tür wieder aufgehen zu hören. Sie wagten nicht, mich inniger zu küssen. Ich wollte hübsch sein und suchte Kleider aus, die Ihnen gefallen könnten. Wenn wir die Treppe herunterkamen, sahen Ihre Kameraden mich an und warfen Ihnen anerkennende Blicke zu. Ich war belustigt. Es war kindisch. Sie waren glücklich.

Liebe, Spiel, treue Zuneigung ... all das habe ich seither nicht aufgehört für Sie zu empfinden. Warum verlangen Sie, es »wiederzufinden«? Sie haben aufgehört, es zu sehen, denn Sie durften es nicht mehr sehen, da Sie sich von mir lösten. Jetzt, wo Sie von neuem gebunden sind ... aber anderweitig, können Sie ohne Gefahr für Ihre neue Liebe und ohne Furcht um die Meinung, die Sie von sich selbst haben, von mir verlangen, daß ich Ihnen als die erscheine, die ich war, als Sie mich liebten. Sie gebrauchen nicht mehr das Wort *Liebe*, sondern sprechen von *Freundschaft*; doch dieses neue Wort umfaßt dasselbe; es ist tatsächlich Liebe, was Sie verlangen, aber eine Liebe, die sich mit ihrem bloßen Vorhandensein zufriedengibt und nur noch Güte und Entsagung ist.

Nun haben Sie jedoch meinem Herzen so lange die bedingungslose Liebe abverlangt, die Liebe, die gibt und die fordert, die Liebe des Geistes, die Liebe des Körpers … daß es mir schwierig erscheint, diese Sehnsüchte, diese Wünsche, die ich angenommen, geliebt, gewollt habe, mit einem Schnippen auszulöschen. Sie wollen nichts mehr als die Güte; meinen Sie, es genügt, das übrige zu leugnen, um es aus der Welt zu schaffen?

Um in Ihren Augen als die bewunderungswürdige Frau zu erscheinen, an die man ohne Reue und ohne Bedauern zurückdenkt, müßte ich Ihnen diese Liebe erhalten und von Ihnen nichts als ein paar kleine Dienste erwarten, die Sie mir leisten würden, wenn Sie nichts anderes zu tun hätten. Diese kleinen Dienste, um die ich andere hätte bitten können, um die ich Sie nicht hätte bitten müssen, wenn nicht meine Trägheit mich dazu verleitet hätte, diese kleinen Dienste sind tatsächlich seit langem schon die einzigen Zeichen, durch die Sie mir Ihre Ergebenheit kundtun. Und ich habe sehr gezögert, Sie darum zu bitten, und manchmal bereut, Sie damit behelligt zu haben. Ich merkte Ihre schlechte Laune und Ihre Ablehnung, wenn meine Bitte Ihren gewohnten Tagesablauf in irgendeiner Weise stören mochte; Sie taten dann etwas für mich, wenn es sich zwanglos in die Ordnung Ihres Lebens einfügen ließ. Jetzt wären Sie viel eifriger, um mir Ihre Freundschaft zu beweisen. Ich vergesse nicht Ihr »Wenn die Gelegenheit sich böte …«. Doch das sind für mich nicht die Zeichen der Freundschaft. Diese bestehen in der bloßen Tatsache, daß es jemanden gibt, an den ich mich jederzeit mit meinen Gedanken wenden kann, der meine Freude und meinen Verdruß fühlen wird wie ich selbst. Ich glaube nicht, daß ich damit das Maß überschreite; mir scheint, ich darf egoistisch sein. Von einem Freund muß ich viel verlangen können, ohne je fürchten zu müssen, ihm zu mißfallen. Und eine solche Freundschaft geben Sie mir schon lange nicht mehr.

Also werde ich Ihnen »diesen kleinen Platz in meinem Herzen« nicht bewahren. Etwas kindisch wie alle Verliebten hatte ich Ihnen versprochen, Ihnen für immer ein Körnchen wahrer Liebe zu bewahren, selbst wenn ich anderweitig leidenschaftlich lieben sollte. Ich bin es nicht, die heiratet; in mir wohnt Ihr Bild und nimmt allen Raum ein; wenn ich nicht mehr leiden soll, müssen Sie gehen, damit eines Tages Ihr Name, wenn er vor mir ausgesprochen wird, vorbeizieht wie ein Hauch und nichts mehr berührt. Ich will diese Auslöschung, denn ich brauche Frieden; Sie, Sie haben das Glück; ein bißchen Liebe von mir würde Ihnen nichts mehr geben.

Ja, es ist sehr spät; ich habe gerade die Lampe ausgemacht, um das Licht der Nacht in mein Zimmer einzulassen.

Ich fühle mich warm und geschmeidig zwischen den Laken, unter den Fellen; das Fenster steht bei zwanzig Grad Kälte weit offen.

Der Schnee draußen ist sehr weiß; und es herrscht die gedämpfte Stille des Schnees, diese Stille, die eine Offenbarung erwartet, von der man nur weiß, daß schon der Gedanke an ihr Eintreten das Herz höher schlagen läßt. Durch die offenen Fenster steigt das unaufhörliche Husten auf, das die Nächte zerteilt; auch die Flure hallen von Husten wider. Husten, wieder und wieder Husten, das in die eisige Nacht hinausfliegt. Da ist das jener jungen Frau, die man nie sieht – die ganze Nacht, unermüdlich, ohne Pause, knackt dieses Husten wie dürres Holz; wie viele Tage noch wird man es hören, bis es erlischt? Der Körper ist noch nicht erschöpft genug, um am Ende dieser Nacht vom Licht der Morgendämmerung fortgetragen zu werden. Aus dem Zimmer des jungen Mannes, der sich vorhin so schnell verabschiedete, indem er das von seinen Lippen sickernde Blut verbarg, dringt ein tiefes, feuchtes Husten – mit jedem Stoß kommt Blut ... Wann werden wir erleichtert erfahren, daß dieses Blut nicht mehr fließt? Meine Nachbarin läßt ihr beruhigendes Hüsteln hören – ich bin nicht die einzige, die wacht. Und ich selbst huste zurück, um den Zustand meiner Lungen zu prüfen. Werde ich dieses Hohle, Leere eines kaputten Blasebalgs spüren? Oder dieses kleine Reißen, das sich anfühlt, als habe sich ein Fetzen gelöst? Oder jenes volle Tönen, das die Illusion nährt, alles sei wieder heil? All dieses Husten in der Nacht! Ob das eine Hymne ist? Wohin gerichtet?

Ich bin allein, aber heute nicht mehr als sonst; vielleicht weniger. An diesem Abend weiß ich, daß alles zerbrochen ist, und es ist fast eine Erleichterung. Ich werde reagieren können, ohne von der bedrückenden Hoffnung gebremst zu werden, daß alles wieder wird, wie es war. Ich will vergessen und vorwärtsschreiten, ohne weiter zu Ihnen zurückzublicken. Die Vergangenheit will sterben. Seit vielen Monaten schon kämpfe ich, ohne es zu wissen, dagegen an. Ich habe mich an die Vergangenheit, an Sie geklammert ... voller Wut, voller Traurigkeit und Liebe. Ich wollte, daß alles unverändert weiterging ... und jeden Tag habe ich gesagt: Morgen wird es wieder sein wie früher. Dieses »Morgen« ist nicht gekommen. Gestern noch wartete ich darauf; heute brauche ich nicht mehr zu warten. Ich sollte mich einsamer fühlen; mich überkommt der Schwindel einer Leere, in der sich mein der Liebe beraubtes Herz bei der Vorstellung der hohlen Tage, die kommen werden, schwach werden fühlt. Sie sind fort, doch ich finde mich wieder und bin weniger allein als in jenen vergangenen Tagen, da ich Sie suchte. Ich bin zu mir zurückgelangt, und mit mir werde ich kämpfen, um weiterzumachen.

Ich weiß, daß »Ihre alte Freundschaft« uneigennützig ist, und vielleicht werde ich sie eines Tages brauchen. Doch ich denke nicht mehr an sie. Bleiben Sie ruhig in Ihrem Glück und sorgen Sie sich nicht um mich. Ihr Geist kann all das Husten heute abend nicht hören, das immer lauter in die kalte Nacht hinausdringt. Wenn Sie in Paris einem Beerdigungszug begegnen, nehmen Sie den Hut ab; hier versteckt man sich; beinahe möchte man den Kopf abwenden, wenn man am Friedhof vorbeigeht. Morgen, wenn wir zu lachen und zu tanzen versuchen, werden wir vielleicht von weitem vernehmen, wie um einen Sterbenden geweint wird. Er stirbt an meiner Krankheit; heute oder an einem anderen Tag, warum sollte ich diesem Los entrinnen? Zurückgezogen in diesem Winkel der Welt, können wir uns fragen: »Wer ist als nächster dran?« Hier, wo jeder im vergeblichen Lauf der Tage um sein Leben kämpft, um der Angst zu entrinnen, spürt man das ganze menschliche Elend, wie es schreit: »Warum? Warum?«

Wenn es mir gelänge, Sie dieses Elend fühlen zu lassen, würden Sie sich beeilen, es wieder zu vergessen; und um sich zu beruhigen, würden Sie sagen, was jeder Gesunde von den Orten behauptet, wo gelitten wird: Es ist gar nicht so schrecklich, wie es heißt. Ich werde Ihnen nichts sagen. Doch lassen Sie mich: Sie können nicht mehr bei mir sein. Lassen Sie mich leiden, lassen Sie mich gesund werden, lassen Sie mich allein. Glauben Sie nicht, das Angebot der Freundschaft als Ersatz für die Liebe könnte ein Balsam für mich sein; vielleicht dann, wenn es einmal nicht mehr weh tun wird. Doch es tut weh; und wenn mir etwas weh tut, gehe ich davon, ohne mich umzudrehen. Verlangen Sie nicht von mir, daß ich über die Schulter zu Ihnen zurückblicke, und begleiten Sie mich nicht von ferne. Lassen Sie mich.

24. Dezember 1930

Ich wußte, daß ich heute einen Brief von Ihnen bekommen würde, so wie ich auch weiß, daß ich in einer Woche einen weiteren mit Ihren Neujahrswünschen bekommen werde. Ich habe diesen Brief zusammengeknüllt und in den Papierkorb geworfen. Da verspürte ich eine große Erleichterung.

Dabei kann ich nichts gegen ihn sagen; ich sollte Ihnen schreiben, Ihnen danken und Sie als Antwort auf Ihre Freundschaft der meinen versichern – ich kann nicht. Ihr Brief ist sehr schön; meine Haltung mag vielleicht engherzig erscheinen … doch kein Brief hätte mich tiefer verletzen, keiner hätte in mir eine heftigere Abkehr von Ihnen bewirken können.

Ich schreibe Ihnen nicht, weil ich Sie vergessen will. Jeder Umschlag mit Ihrer Schrift wäre für mich ein Schmerz; jeder Satz, den ich Ihnen schreiben müßte, ein Kampf; ich könnte Ihnen nur noch herkömmliche Floskeln sagen, und das Wachrufen der Vergangenheit würde meiner Liebe weh tun; ich würde versuchen, etwas über Ihr Leben zu erfahren, und ich würde leiden – ich will nicht.

Ich schreibe Ihnen nicht, weil der Verlauf, den Sie die Ereignisse haben nehmen lassen, mich gekränkt hat. Es ist nicht Ihre Heirat, die ich als Beleidigung empfinde. Ich dachte, ich sei für Sie eine engere Freundin als ein Mann, als eine Geliebte, als eine Frau. Mir erschien unsere Zuneigung außergewöhnlich genug, um ein vollständiges und fortschreitendes Geständnis der Entwicklung einer anderen Liebe in Ihrer Seele tragen zu können.

Doch Sie haben gehandelt wie alle Welt. Sie haben meine Fehler gesucht und nur von ihnen geredet; mußten Sie sich vergewissern, daß Sie recht hatten, mich nicht mehr zu lieben? Dann haben Sie Ihre Heirat beschlossen, und Sie haben sie mir mitgeteilt; um mir diese Neuigkeit zu sagen, haben Sie meine Fehler vergessen, um sich an meine Vorzüge zu erinnern und mich zu bitten, Sie weiterhin zu lieben. Doch Sie wissen doch, da Sie es mir in den vergangenen Monaten so oft vorgehalten haben, daß ich von Natur aus und seit jeher zutiefst egoistisch bin und daß ich einen schlechten Charakter habe – wozu sollte ich mich vor Ihren Augen anders zeigen. Für mich, für mich allein ist es besser, daß ich unsere Beziehung mit einem harten Schnitt beende: Sie können mir nichts mehr von dem geben, wonach es mich jetzt verlangt.

Und Ihr Brief heute morgen war genau der, den ich bekommen mußte. Ich neigte dazu, das Leid zu vergessen, das ich fühlte; ich wollte es »wenden«; meine Liebe erfand Ausflüchte, um sich zu täuschen, um willentlich die Augen zu verschließen und sich mit Gefühlsbanden zu begnügen, wie sie nach jeder zerbrochenen Liebe übrigbleiben. Man erwartet noch einen Brief; man hofft, bei einem Besuch eine vergangene Illusion wiederzufinden; das Herz klopft, wenn die Tür aufgeht; der Händedruck ruft das Gefühl des früheren Kusses wach; sorgfältig bewahrt man eine mitgebrachte Rose auf; ein banales Kompliment erscheint als Zeichen von Bedauern. Dann vergeht der Zauber, und man weiß sehr wohl, daß all das falsch ist. Es sind geschmeidige Lianen, die einen umklammern, die einen in einer verflossenen Vergangenheit festhalten und ohne Kraft zum Handeln und Leben zurücklassen.

Wenn ich Sie nicht liebte, könnte ich Sie wiedersehen; wenn ich Sie einmal nicht mehr liebe, werde ich Sie vielleicht wiedersehen; jetzt will ich nicht.

Ich will Ihre Liebesworte nicht, die keine mehr sind. Ich will heute abend nicht von Ihrer schmeichelnden Stimme eingewiegt werden, weil Sie mir weh getan haben. Wenn man eine Katze festhalten will, die man verletzt hat, kratzt sie und rennt weg; versuchen Sie nicht, mich festzuhalten.

Ich mag Ihre Tröstungen nicht, ich mag Ihre Wünsche nicht, ich mag nicht, daß Sie sich vorstellen, ich sei unglücklich, und daß Sie mit Worten in einem Brief angestrengt zu beweisen suchen, daß Sie mein Leid kennen und daß Sie sich mir nahe fühlen. Sie wissen nicht mehr, was es heißt, mir nahe zu sein. Ich habe über Ihre »Zuneigung« gelächelt; vor meinen Augen ist das Bild von »Bébé« aufgestiegen, mit einem Ausdruck von Wut und Schmerz; das war zu der Zeit, da Sie mich liebten und ich Ihnen gesagt hatte, ich empfände große Zuneigung für Sie. Sie wünschen mir Glück, und ich kann Sie mir sehr gut vorstellen, wie Sie einen Mann für mich suchen, einen Liebhaber, um mich zu trösten.

Sie glauben, Weihnachten werde für mich traurig sein, und möchten mich in den Armen wiegen. Oh, nein! Ich will Ihre Liebkosungen nicht, und Weihnachten wird nur traurig sein, wenn ich es zulasse. Ich habe Ihren Brief zusammengeknüllt und an eine Erlösung geglaubt. Mit dieser Geste habe ich Ihre Liebkosungen und die träge Umklammerung der Vergangenheit abgeschüttelt. Ich bin wieder kampflustig, bereit, dem Leben ohne Sie tapfer ins Auge zu sehen; vielleicht ist es schöner ohne Sie – es ist neu … was sich darin ereignet, wird immer das gleiche sein; es wird nicht besser … es wird wieder Warten heißen. Doch was hätte ich davon, an Ihrer Seite den falschen Schein eines erloschenen Lebens fortdauern zu lassen? Es wäre eine Religion ohne Glauben, und ich brauche einen neuen Glauben; Ihre Gegenwart hinderte mich, ihn zu finden. Ich will fröhlich sein; Sie werden mich nicht trösten müssen. Weihnachten!

Heute abend war Ball. Der Speisesaal war mit Girlanden in leuchtenden Farben dekoriert. Um einen großen, blumengeschmückten Tisch saßen die Kranken, so gut es ging nach äußeren Gemeinsamkeiten zu Paaren gruppiert. Wir haben bis spät in die Nacht getanzt. Ich habe mich amüsiert. Ich hatte das Gefühl, daß ein Fünkchen meines früheren Übermuts, meiner Ausgelassenheit wiederkehrte. Ich habe mir selbst zugesehen; ich sah die möglichen Folgen dieses normalen Lebens voraus ... doch ich spielte. Wer weiß, vielleicht gewährte die Krankheit ja einen Aufschub! Sie muß sich doch auch von Zeit zu Zeit einmal ausruhen, ihre Sonn- und Feiertage haben ... Und an diesen Tagen muß es möglich sein zu leben wie früher. Morgen werden wir das strenge Krankenleben wiederaufnehmen; es wird gekämpft werden müssen. Aber heute abend tut es gut, sehr laut zu lachen, während die leise Angst, die Lunge könnte platzen, sich staunend in Luft auflöst; es tut gut, Champagner zu trinken und die Wangen glühen zu fühlen; das bedeutet zwar einen Blutandrang, doch denken wir nicht daran, heute abend kann es keinen Blutsturz geben. Und wie schön ist es zu tanzen! Man kann stehenbleiben, sich setzen und lebhaft wieder aufstehen. Der Körper findet mit einem beinahe ehrfürchtigen Glück den weichen Bogen wieder, um sich dem Tanzpartner anzuschmiegen, die mitdenkende Hingabe, mit der er die Bewegungen des anderen Körpers erkennt und ihnen folgt, treu wie ein Schatten und ebenso leicht. Wenn sich der Körper in einem Rhythmus regt, erhebt sich ein neues Leben; die Welt ist verwandelt und kreist um diese eine Stelle mitten in der Brust, wo sich die klingenden Rhythmen der Instrumente und die federnden Schwingungen der Glieder zu treffen scheinen.

Tanzen, das ist der glücklichste Rhythmus des Lebens; Tanzen, wenn man glaubte, man würde es nie wieder tun, ist ein errungener Sieg.

Von diesem Rhythmus leicht berauscht, bin ich an der Seite meines Tänzers eines Abends, der diesen morgen schon vergessen haben wird, langsam bis zu meiner Tür hinaufgegangen; und nach einem Kuß haben wir uns, ohne ein Wort, getrennt.

Charles Du Bos

Vorwort zur zweiten Ausgabe des Buches

Kommentieren*, sagt uns Littré, bedeutet eigentlich meditieren und geht etymologisch auf *mens* zurück – jene Vokabel, die durch das *De Trinitate* groß wurde und um welche die tiefsten Betrachtungen des heiligen Augustinus kreisen: *sine mente,* schreibt er, ist der Mensch nur eine *bellua videns,* nur ein »sehendes Tier«. Doch kein Kommentar ist von Wert, der sich nicht in jedem Augenblick auf eine reflexive Aufmerksamkeit gründet, wie Leibniz sie definiert: »Die Reflexion ist nichts anderes als eine Aufmerksamkeit für das, was in uns ist.« Diese Aufmerksamkeit für das, was in ihr ist, scheint bei Marcelle Sauvageot eine angeborene Gabe zu sein, und sie gebraucht sie mit einer Schlichtheit, die das *Wesen* selbst ihrer gedanklichen Strenge zu sein scheint. Wenn ihre Intelligenz weiblich ist, in jenem positiven Sinne, daß die Eigenart der Frauen Unmittelbarkeit und Zartgefühl des intuitiven Erkennens steigert, so ist deren Gebrauch durch das Fehlen jeglicher Gefälligkeit männlich. Darin vor allem liegt die *Vortrefflichkeit* eines Buches, das seinem Titel seine ursprüngliche Reinheit wiedergibt und das völlig frei ist von jenen »Kommentaren«, mit denen fast alle Frauen (und wie viele Männer sind in dieser Hinsicht Frauen!) ihre Geständnisse wie mit Schutzumschlägen verhüllen, abmildern, entschärfen.

* *Commentaire* (Kommentar) lautete der Titel, den die Autorin für die Erstausgabe ihres Textes 1933 gewählt hatte.

»Ich sprach mit mir selbst, doch die Nüchternheit dieses Monologs ermüdete mich manchmal; es ist so viel bequemer, einen Vertrauten zu haben, der bedauert, zustimmt, zuhört; man gewinnt an Bedeutung; die Dinge, die man sagt, werden greifbar, bilden eine Romanwelt, in der man eine Rolle spielt. Bis zu welchem Punkt hält man sich an die reine Wahrheit?« Ich glaube, auch in Gegenwart dieses »Vertrauten«, im tatsächlichen Dialog mit ihm, den sie ein paar Zeilen weiter noch präziser als »Double« bezeichnet – »Ich brauchte ein Double« –, wird Marcelle Sauvageot sich kaum von der »reinen Wahrheit« entfernt haben. Doch das Buch beginnt erst, als der tatsächliche Dialog zunächst durch die räumliche Trennung unterbrochen, dann durch die Ankunft des Briefes abgebrochen wird, in dem ihr Gesprächspartner seine Heirat ankündigt und ihr gleichzeitig, mit jener selten ausbleibenden Fühllosigkeit der Männer in solchem Fall, seine »Freundschaft« anbietet. Aber anders als ihr Gegenüber weiß Marcelle Sauvageot, was Freundschaft ist: »Freundschaft, so glaube ich, ist eine Liebe, die stärker und ausschließlicher ist ... doch weniger ›marktschreierisch‹«) – und nichts könnte weniger ›marktschreierisch‹ sein als *Fast ganz die Deine*, wenn nicht die Autorin selbst, so wie sie uns darin erscheint. So ist Marcelle Sauvageot also auf ihre wahre Natur als Monologistin zurückgeworfen: Bald erkennt sie, ja begrüßt sie eine Möglichkeit, die sie im voraus schon gesehen, die sogar im voraus schon auf ihre Haltung eingewirkt hatte; und *Fast ganz die Deine* ist ein Monolog, in dem die Briefkomponente nicht stärker ist als die jener *Briefe, die ihn nicht erreichten*, wie der Titel eines seinerzeit erfolgreichen deutschen Buches lautete.

Tatsächlich ist hier der Adressat, sobald er aufhört, jener »Bébé« zu sein, der uns in seinen individuellen Eigenheiten vorgeführt wird, nur noch eine anonyme Figur, der Mann schlechthin mit seinem Ungenügen in der Liebe, mit seiner so instinktiven, so organischen Falschheit, daß sie ihm nicht einmal ins Bewußtsein dringt – mit diesem wollen Marcelle Sauvageots Schlichtheit und Strenge den Dialog nicht fortsetzen, könnten es wohl auch gar nicht, und so ist in *Fast ganz die Deine* das Gegenüber nichts mehr als der gelegentliche Anlaß, dank dem sie, zurückgeworfen auf ihren festen Kern, die Gewohnheit wiederaufnimmt, »mit sich selbst zu sprechen«, mit sich allein, und die »Nüchternheit« ihres Monologs bis an die Grenze treibt. Nüchtern – kein Attribut könnte treffender sein, nicht nur für den Gehalt, sondern auch für die künstlerische Schönheit des Buches, das jenen uralten japanischen Statuetten gleicht, bei denen das persönliche Gefühl ganz nach innen genommen und der *Ausdruck* eben der einer regungslosen Konzentration ist.

»Wenn ich wieder gesund bin, wirst Du nicht mehr finden, daß ich einen schlechten Charakter habe. Ich bin krank. Du hast mir gesagt, Kranke seien bemüht, sanfter mit ihren Mitmenschen umzugehen; und Du hast mir schöne Beispiele dafür genannt. Ich mag Dich nicht, wenn Du predigst; damit bringst Du mich zum Gähnen, und Vorwürfe machst Du mir nur, weil Du mich weniger liebst: Du vergleichst mich mit anderen. Kranke sind sanft, ich aber bin erschöpft; meine ganze Kraft verbrauche ich damit, weiterzumachen und denen ›Danke‹ zu sagen, die nicht verstehen. Doch Du, was brauchtest Du ein ›Danke‹? Du hast nicht verstanden, weil Du nicht weißt, wie es ist. Ich habe Dich gefragt, was Du für eine Laune hättest, wenn Du auch nur acht Tage lang nicht schlafen könntest. Du hast mir geantwortet, das passiere Dir nie, aber sicher sei es nicht angenehm. Natürlich verstehst Du nicht.«

Natürlich: Ein Gesunder muß, um einen Kranken zu verstehen, fast ein Genie sein, so wie ein Kranker, um immer sanft mit den Gesunden umzugehen, fast ein Heiliger sein muß. Keine räumliche Trennung kommt jener Grenze gleich, die Krankheit und Gesundheit zwischen den Menschen ziehen, und genau in dem Zug, der die Kranke zum Sanatorium bringt und so die räumliche Trennung noch hinzufügt, formuliert sie diese Feststellung. Dagegen werden sich alle Frauen in diesem universell weiblichen Argument wiederfinden: »Vorwürfe machst Du mir nur, weil Du mich weniger liebst: Du vergleichst mich mit anderen.« Wenn die Frauen dieses Argument mit einer Monotonie vorbringen, die einen zugleich zur Verzweiflung und zur Weißglut treiben kann, so deshalb, weil es in bezug auf den Mann allzuoft zutrifft: Vielleicht nicht, wenn er »Vorwürfe macht«, doch zumindest, wenn er »mit anderen vergleicht«, ist das tatsächlich oft ein Zeichen, daß der Mann »weniger liebt« – während bei der Frau »Vorwürfe machen« und »mit anderen vergleichen« häufig dazu führt, daß sie noch mehr liebt, weil sie, durch die Vorwürfe und Vergleiche erleichtert, im nachhinein das Gefühl bekommt, sie habe sich an der Liebe vergriffen, an *ihrer* Liebe in der Person desjenigen, der sie in ihren Augen verkörpert. Ein gängiges Thema, dessen Grundmelodie bei Marcelle Sauvageot jedoch mit einer höchst subtilen, dissonanten Variation angereichert ist, denn bei ihr gibt es in jedweder Situation noch ein »Eckchen Bewußtsein, das immer weiß, was geschieht«, das »nicht mitschwingt«, das »urteilt« und »mißt«:

»Es ist Glück, überwältigt zu werden und nichts mehr zu wissen. Doch noch ein Eckchen Bewußtsein zu haben, das immer weiß, was geschieht, und das durch dieses Wissen dem gesamten intellektuellen, vernünftigen Wesen erlaubt, in jeder Sekunde an dem gegenwärtigen Glück teilzuhaben, dieses Eckchen Bewußtsein zu haben, das die Entwicklung der Freude langsam nachvollzieht, das ihr bis an die äußersten Enden folgt, ist das nicht auch Glück? Es gibt ein Eckchen, das nicht mitschwingt, doch dieses Eckchen bleibt Zeuge der erlebten Freude – das, was sich erinnert und sagen kann: Ich bin glücklich gewesen und ich weiß, warum. Ich will gerne den Kopf verlieren, aber ich will den Augenblick begreifen, da ich den Kopf verliere, und die Erkenntnis des abdankenden Bewußtseins soweit wie möglich treiben. Man soll sein Glück nicht in Abwesenheit erleben.«

Keinen ihrer inneren Zustände erlebt Marcelle Sauvageot »in Abwesenheit«, und wie kostbar und selten ist doch heute eine solche Achtung vor dem Glück, solch ein Bestreben, es im Gedächtnis einzubalsamieren und genau so überleben zu lassen, wie es erlebt wurde. Erinnern wir uns an das Geständnis von François, dem Held aus *Aimée*, der seinem Autor Jacques Rivière ähnelt wie ein Bruder: »Ich war von jedem Laster frei, doch ich litt an einer Perversion psychologischer Art … Ich liebte das Glück nicht.« Weil aber Marcelle Sauvageot sowohl das Glück als auch die Erinnerung an das Glück liebt, weil sie diesen »Zeugen der erlebten Freude« braucht, ist sie jenem »Eckchen, das nicht mitschwingt«, dankbar. Nur entgeht diesem »Eckchen« nichts, vor allem nichts, was mit dem anderen zu tun hat, wenn dieser andere der geliebte Mann ist, und, ob das »Eckchen« will oder nicht, nicht mitzuschwingen verleiht ihm über den anderen den unbarmherzigsten aller Vorteile: »Dieses Eckchen von mir hat Sie beurteilt, hat Sie gemessen; und als ich Sie beurteilte und maß, sah ich Ihre Schwächen, Ihre Unzulänglichkeiten ...« Doch genau hier kommt jene subtile, dissonante Variation ins Spiel, die bei Marcelle Sauvageot die Grundmelodie des gängigen Themas anreichert: Bei den meisten Frauen stellt die Erkenntnis der »Unzulänglichkeiten« des geliebten Mannes das *schwache Moment* der Liebe dar, die ihr *starkes Moment* erst hinterher wiederfindet, in der Reaktion auf den Angriff, den die Erkenntnis gerade gegen die Liebe geführt hat; Erkenntnis und Liebe treten in einem wechselnden Rhythmus auf, sofern dieser Wechsel schnell ist und sich ständig erneuert; bei Marcelle Sauvageot bestehen Erkenntnis und Liebe in vollkommener Gleichzeitigkeit nebeneinander, und deshalb fügt sie sofort hinzu:

»Was ist schlecht daran, wenn ich blieb, wenn ich diese Unzulänglichkeiten akzeptierte, wenn ich sie liebte? Ach! Mann, Du willst immer, daß man Dich bewundert. Du urteilst nicht, Du mißt die Frau nicht, die Du liebst. Du bist da, Du nimmst sie; Du ergreifst Dein Glück, sie scheint nicht mehr bei sich, völlig entrückt zu sein: Du bist glücklich. Sie hat Dir entgegengeschrien: Ich liebe Dich, und Du bist befriedigt. Du bist nicht grob; Du bist sanft, Du sprichst zu ihr, Du sorgst Dich um sie; Du tröstest sie mit zärtlichen Worten, Du wiegst sie. Aber Du beurteilst sie nicht, da Du von ihr ja verlangst, durch Dich glücklich zu sein und Dir zu sagen, daß sie durch Dich glücklich ist. Wenn Du jedoch bemerkst, daß zwei Augen Dich ansehen und lächeln, begehrst Du auf. Du hast das Gefühl, man hat Dich ›gesehen‹, und gesehen werden willst Du nicht: Du willst einfach nur ›sein‹. [...] Deine Schwächen gehören mir. Ich habe Dich unermüdlich beobachtet und sie nach und nach entdeckt. Ich leide darunter, daß Du sie hast, aber ich würde nicht wollen, daß Du Dich änderst. [...] Nichts ist liebenswerter als die Schwächen und Fehler: Durch sie dringt man zur Seele des geliebten Menschen vor, der Seele, die sich in dem Wunsch, wie alle anderen zu erscheinen, ständig verbirgt. [...] Beklage Dich nicht darüber, daß ich Dich beurteile und messe – so kenne ich Dich besser, und ich liebe Dich deswegen nicht weniger.«

Was Marcelle Sauvageot hier umreißt, was sie für ihren Teil empfindet – es gibt freilich kaum ein Beispiel, daß das Leben dem so empfindenden Menschen Gegenseitigkeit gewährt –, ist nichts Geringeres als die *verstehende Liebe*, die Goethe und Charlotte von Stein zehn Jahre lang in ihrer höchsten Form erlebten und genossen, so wie sie jene in der Weltdichtung einzigartigen Verse wiedergeben: *Warum gabst du uns die tiefen Blicke,* jene Liebe, über die ich in einer meiner unveröffentlichten Bemerkungen zu Goethe schrieb: »Sich lieben, nicht mehr ohne sich zu verstehen, sondern im Gegenteil, indem man sich versteht – und man müßte sogar hinzusetzen, sich lieben, *weil* man sich versteht, denn hier ist das Verstehen das Fundament, der eigentliche Kern der Liebe –, sich lieben, weil jeder der beiden den anderen sieht, wie er ist, und nicht, wie er niemals war – ach! das ist eins der seltensten, eins der größten Meisterwerke der Menschen.«

Doch zu ihrer Gegenseitigkeit setzt die verstehende Liebe vor allen Dingen Ebenbürtigkeit voraus, und ich überlasse den Lesern von *Fast ganz die Deine* das Vergnügen, durch die scharfen, in ihrer Illusionslosigkeit so gelassenen Analysen hindurch zu entdecken, worin hier der unüberbrückbare Rangunterschied bestand. Und da ist noch mehr: Ein zentraler Satz zeigt, daß das, wonach Marcelle Sauvageot am Ende strebte, noch über die verstehende Liebe hinaus, jene eigentlich schöpferische Liebe ist, in der auf der Grundlage eines absoluten gegenseitigen Verstehens aus der Verbindung zweier Wesen ein drittes erwächst: ein zugleich lebendiges und unstoffliches, gegenwärtiges und unsichtbares Wesen, geschaffen aus dem »Besten« der beiden Liebenden, eines Besten, das bei jedem der beiden als Anlage schon gegeben ist, das beide jedoch zur vollkommenen Erfüllung bringen »wollen« – jene Liebe, die Robert und Elizabeth Browning verwirklichten und deren nie versiegende, immer höher strebende Metamorphosen in Robert Brownings *By the fire side* entfaltet werden. Dieser Satz lautet wie folgt: »Und was mich schmerzt, ist nicht so sehr der Tod einer Liebe als vielmehr der eines wirklich lebendigen Wesens, das wir beide zusammen erschaffen hatten, oder das ich vielleicht allein erschaffen hatte … Dieses Wesen war eine Verbindung von Ihnen und mir, so wie wir einander wollten.« Die Liebe, die vom Verstehen ausgehend in einer solchen Schöpfung mündet – nichts Größeres gibt es unter den Menschen, und deswegen heißt das Buch, das ich über Robert und Elizabeth Browning vorbereite, im Untertitel: »oder die Fülle der menschlichen Liebe«.*

»Oder das ich vielleicht allein geschaffen hatte …« Allein hatte Marcelle Sauvageot dieses »wirklich lebendige Wesen« geschaffen, und nach dem Tod der Liebe ist sie wieder auf ihre wesentliche Einsamkeit zurückgeworfen:

»Ich versuchte, mir einen kleinen Halt außerhalb von Ihnen zu bewahren, um mich an dem Tag, da Sie mich nicht mehr lieben würden, daran festklammern zu können. Dieser kleine Halt, das war kein anderer, kein Traum, kein Bild. Es war das, was Sie meinen Egoismus und meinen Stolz nannten; was ich im Leid wiederfinden können wollte, war ich selbst. Ich wollte mich auf mich selbst zurückziehen können, alleine mit meinem Schmerz, meinen Zweifeln, meinem fehlenden Glauben. Weil ich mich spüre, habe ich in der Not die Kraft weiterzumachen. Wenn alles sich ändert, wenn alles mir weh tut, bin ich doch selbst noch bei mir. Um mich ganz zu verlieren, hätte ich sicher sein müssen, daß ich mich nicht mehr brauchte.«

* Es handelt sich um *Robert et Elisabeth Browning, ou la plénitude de l'amour humain,* Méridiens Klincksieck, Paris 1982.

Überlassen wir es jenem nunmehr nicht mehr aktuellen »Vertrauten«, diese Bewegung, »sich ganz auf sich selbst zurückzuziehen« – instinktiv, elementar wie ein Bedürfnis und zugleich die gesamte Würde des Menschen in sich bergend –, im Gefolge so vieler anderer als »Egoismus« und »Stolz« zu bezeichnen. Es gibt kaum eine tiefere, zerreißendere, unvermeidlichere Bewegung, und kaum eine, die als auslösendes Moment mehr Konsequenzen nach sich ziehen kann. Erinnern wir uns an das so wahre Wort von Maine de Biran: »Zwei Pole des menschlichen Wissens: Die Person *Ich*, von der alles ausgeht, die Person *Gott*, wo alles hinführt.« Ob sie bei der Person *Gott* anlangen oder nicht, für alle in erster Linie aufmerksamen und reflexiven Naturen ist es gewiß, daß sie nur von der Person *Ich* aus dort hingelangen können und daß es in jedem Fall die Person *Ich* ist, von der alles ausgeht. Und wenn zu dieser angeborenen reflexiven Aufmerksamkeit zugleich Leiden des Herzens und Krankheit des Körpers hinzukommen – ach! nur wer sowohl das eine als auch das andere »natürlich nicht versteht«, kann den Rückzug aller Kräfte in die Zitadelle als »Egoismus« und »Stolz« bezeichnen.

Was aber geschieht nun im Inneren der Zitadelle? Setzt der Monolog wieder ein und geht weiter? Oder entsteht ein innerer Dialog? »Ich sprach mit mir selbst«, doch es gibt zwei Arten des Selbstgesprächs: die des reinen Monologisten, dessen Grenzfall Amiel darstellt, über den ich einmal schrieb: »Er kennt sich mit jenem schrankenlosen, losgelösten und gleichsam unmenschlichen Wissen, worin man sich sozusagen selbst vor sich vorübergehen sieht, immer gleich und immer vorhersehbar.« Die

Gefahr dabei liegt eben in diesem zyklischen, kreisenden Charakter, denn, wie Ramon Fernandez zu dem Proust der *Intermittences du cœur (Anfälligkeiten des Herzens)* bemerkte, »es ist kein Fortschritt, besser und besser zu begreifen, daß man nicht fortschreitet«. Die andere Art des Selbstgesprächs ist die des dreiunddreißigjährigen Augustinus, wie sie sich im ersten Brief an Nebridius ausgedrückt findet: »Ich habe deinen Brief nach dem Abendessen beim Schein meiner Lampe gelesen. Es war kurz, bevor ich zu Bett ging – ich sage nicht, bevor ich schlief, denn nachdem ich mich hingelegt hatte, habe ich noch lange nachgedacht und mit mir selbst geredet, Augustinus mit Augustinus.« – »Augustinus mit Augustinus«: So eröffnet sich der wahre innere Dialog. Wenn die Person *Ich* es ist, von der alles ausgeht, wenn sie es ist, auf die es zuerst gilt, sich zurückzuziehen, so beruht die folgende Phase auf einer Verdoppelung der Person *Ich* – oh! nicht etwa auf jener Verdoppelung, mit der die Psychologen uns seit langem vertraut gemacht haben, auch nicht auf jener, über die Valéry in einer neueren Randbemerkung zu *Anmerkung und Abschweifung* in seinem *Leonardo* schreibt: »Die Persönlichkeit ist aus Erinnerungen, Gewohnheiten, Neigungen, Reaktionen zusammengesetzt. Sie ist, im ganzen gesehen, die Gesamtsumme der raschesten Erwiderungen des Wesens, auch wenn diese Raschheit verzögernde Tendenz hat. Nun kann aber dies alles in bezug auf das reine und einfache Bewußtsein, das als einzige Eigenschaft das *Sein* hat, nur als zufällig angesehen werden. Das Bewußtsein hingegen ist vollkommen *unpersönlich*« –, sondern tatsächlich auf jener *spirituellen* Verdoppelung, bei der, über den Bereich des bloß *Psychologischen* und nicht minder über den

Bereich des *unpersönlichen* Bewußtseins hinaus, im inneren Dialog der beiden Augustinus einer der beiden, der Augustinus, dessen Person *Ich* sein konkretes Leben in der Zeit lebt, entdeckt, daß der andere Augustinus ihn vollständig übersteigt und transzendiert, daß er ihm ganz inkommensurabel ist, daß dieser andere nichts weniger als die *Seele des Augustinus* ist, eine nicht etwa *unpersönliche*, sondern bis zur Einzigartigkeit persönliche Seele, *internum aeternum,* jene uns innewohnende Wirklichkeit, die die ewige Wirklichkeit in uns selbst ist – weshalb auch der fünfundsechzigjährige Augustinus in seinem *De natura et origine animae*, der Abhandlung *Natur und Ursprung der Seele*, jenen Satz schreibt, dessen Wahrheit sich nie erschöpft: »Zu hoch, zu mächtig für uns selbst, übersteigen wir das bescheidene Maß unseres Wissens, wir können uns selbst nicht erfassen, und doch sind wir nicht außerhalb von uns.« – »Wir können uns selbst nicht erfassen«, jedoch nicht etwa – und hier liegt der immer wiederkehrende Irrtum, hier vollzieht sich der größte Widersinn –, weil dieses Selbst ganz »zufällig« wäre gegenüber einem »vollkommen unpersönlichen Bewußtsein«, nicht etwa, weil dieses Selbst in seiner Unbeständigkeit der Leere oder dem Nichts zustrebt, sondern ganz im Gegenteil, weil wir »zu hoch, zu mächtig für uns selbst, das bescheidene Maß unseres Wissens übersteigen«. Das empfand Jacques Rivière, als er eine seiner tiefsten Eingebungen formulierte: »Zwischen uns und unserer Seele bleibt immer ein feiner, ein entmutigender Unterschied.« Das Ziel des wahren inneren Dialogs ist es, uns bis zu jener geheimnisvollen Schwelle zu führen, wo wir unsere Seele, ohne sie »erfassen zu können«, fast berühren; und so nah an sie herangekommen zu sein genügt uns, um nie wieder an der Wirklichkeit ihrer Existenz zweifeln zu können. »Der Glaube an die Seele«, habe ich andernorts geschrieben, »ist eine Wirklichkeit wie die Seele selbst: Es ist dieselbe Wirklichkeit, eine Wirklichkeit, von der man zehren kann, während man darauf wartet, die volle Wirklichkeit zu erreichen, zu der dieser Glaube an die Seele uns bestimmt«, und früher oder später erreicht man sie, denn niemals verweigert sich die Gnade denen, die sich nicht weigern, ihrer Seele entgegenzugehen, und früher oder später tritt die Seele selbst zurück vor Gott, der sie geschaffen hat, und an diesem Tag, so der heilige Augustinus der *Bekenntnisse*, richtet sie den Schrei der Erkenntnis und des Dankes an Gott: *Tu autem eras interior intimo meo.* »Du aber warst tiefer in mir als mein Innerstes.«

Das ist die Reise, die sich allen *Aufmerksam-Geborenen* bietet, die sich vor ihnen als der Weg auftut, der allen ihren Fähigkeiten den fruchtbarsten und erhabensten Gebrauch sichert; ihnen allen, Gesunden wie Kranken, steht er gleichermaßen offen; nur sind die Gesunden, selbst wenn sie aufmerksam geboren sind, zahllosen Ablenkungen ausgesetzt, was zur Folge hat, daß es oft nicht nur die Krankheit ist, die sie »natürlich nicht verstehen«. Die Kranken dagegen sind, wenn sie schon Aufmerksam-Geborene sind, dazu noch *Invités à l'attention, Zur Aufmerksamkeit Geladene,* wie Claudel sie in dem großartigen Text nennt, der diesen Titel trägt.

»Wenn ich wählen dürfte, möchte ich mich nicht an diejenigen unter den Kranken wenden, bei denen die Krankheit nur ein

Unfall, eine vorübergehende Prüfung ist, sondern an die, bei denen sie, um einen Ausdruck zu verwenden, der recht grausam erscheinen mag, eine *Berufung* ist, eine endgültige Bekehrung ihrer gesamten Natur. Ich wende mich an die *Akklimatisierten*, an jene Patienten nach der Art Pascals, die keine Heilung erwarten, sondern die, nachdem sie ihren Zustand einmal angenommen haben, der fremdartigen Situation, in der sie sich befinden, ihren hellsichtigen Blick zuwenden, als Christen und Forschende zugleich, und die über jenen substantiellen Satz zu meditieren in der Lage sind: ›Meine Hoffnung ist auf seiten meiner Aufmerksamkeit.‹«

Aufmerksam aus *Berufung*, und »zur Aufmerksamkeit geladen« durch jene andere Berufung, zu der ihr die Krankheit geworden ist, wie sollte da Marcelle Sauvageots »Hoffnung« nicht »auf seiten ihrer Aufmerksamkeit« sein, wie sollte sie nicht demjenigen begegnen, von dem jener Vers desselben Claudel kündet:

»Jemand, der in mir mehr ich selbst sei als ich.«

Heiligabend – 28. Dezember 1933

Mein Vorwort ging am 29. Dezember an die Autorin nach Davos ab. Ich wußte bereits, daß Marcelle Sauvageots Zustand es ihr nicht mehr erlaubte zu schreiben, und hatte beschlossen, zu ihr zu reisen, zum einen, weil ich dieses *Vorwort* nicht ohne ihre Zustimmung, ohne ihre persönliche Zusicherung, daß es nichts enthielt, das ihr unzutreffend erschiene oder das sie zu ändern wünschte, zum Druck freigeben wollte, und vor allem, weil ich vor Ort sein wollte, falls der Schluß dieses *Vorworts* in ihr den Wunsch nach einer Selbstprüfung geweckt hätte, der sie sich dann, in aller Freiheit, im Gespräch mit einem ihr freundschaftlich verbundenen Menschen hätte unterziehen können. Ich kam am Nachmittag des 1. Januar an; da sie zu der doppelten Anstrengung, selbst zu lesen und dem Gelesenen ihre Aufmerksamkeit zu schenken, nicht mehr in der Lage war, war ihr das *Vorwort*, wie ich hörte, am Tag zuvor von einem Freund vorgelesen worden, in einem Moment, da ihr Bewußtsein – das stets vollkommen klar war, wenn sie nicht unter Betäubungsmitteln stand – von äußerster Wachheit zeugte. Am Tag meiner Ankunft traf ich sie gemeinsam mit den beiden Freunden, die bei ihr waren, und dieses Gespräch, in dem sie und ich uns kennenlernten, bewegte sich ganz auf dem Gebiet von *Fast ganz die Deine* und dem *Vorwort*. Tags darauf, am späten Nachmittag des 2. Januar, verbrachten wir unsere erste Stunde unter vier Augen, und diese Stunde, in der sie mir sagte: »Im Grunde weiß ich nicht, ob ich den Glauben wirklich verloren habe«, und in der sie das *Pa-*

ternoster, das *Ave-Maria* und das *Credo* wieder hörte, genügte, um sie diesen einen Satz hinzufügen zu lassen: »Diese Gebete habe ich sehr oft gesprochen, und immer mit voller Überzeugung.« Im gleichen Geist der Einfachheit und der *Kindheit* (in dem Sinne, den die heilige Theresia vom Kinde Jesu dem Wort wiedergegeben hat), mit Gott versöhnt und in einem tiefen Frieden, der sie nicht mehr verließ, empfing sie am folgenden Tag, und zwei von uns mit ihr, »das lebendige Brot, das vom Himmel herabgekommen ist«, und noch einen Tag später, nachdem ein weiterer Freund angereist war und sich zu uns gesellte, empfingen wir es zu viert. Da ich nach Paris zurückkehren mußte, stattete ich ihr am 5. Januar meinen letzten Besuch ab, und so erreichte mich die Depesche am Abend des 6. Januar in Paris: Sie war um fünf Uhr nachmittags friedlich eingeschlafen, während die Glocken die Gläubigen zum Dreikönigssegen riefen. Als ich sie während unseres letzten Gesprächs gefragt hatte, wer ihrer Meinung nach die Landschaft Lothringens, die sie liebte, wiederzugeben gewußt habe, hatte sie mir geantwortet: »Claude [Lorrain], er allein, in einigen seiner Himmel und Hintergründe« – und bei einem Wetter und einem Licht, die dieses Malers würdig waren, vor uns die Côte des Hures und zu unserer Linken der Hügel Les Éparges, gaben wir ihr das letzte Geleit zur Kirche und auf den Friedhof ihres Dorfes Trésauvaux.

C. D. B.

14. Januar 1934, zweiter Sonntag nach Dreikönige

Ulrike Draesner

Für Dich, bei mir

Ein nie abgeschickter Brief an den Geliebten, ein Brief in Stükken, Tagen und Wochen, ein Brief, geschrieben zwischen dem 7. November und dem 24. Dezember 1930, begonnen auf der Fahrt von Paris in das Lungensanatorium Hauteville, fort von dem geliebten Mann, der für uns namenlos bleibt, denn für die Schreibende ist er alles, ein Du, ein Sie, Teil eines Wir, ein Er – und verloren. Sie liebt ihn, er liebt sie, er will sie heiraten, sie wird krank, er schreibt einen Brief, daß er eine andere hat, die heiratet er, aber Freund will er bleiben, als Antwort auf diesen Brief beginnt der Text.

Wie kommt es, daß die alte Geschichte von unglücklicher Liebe, erzählt von Marcelle Sauvageot, uns berührt? Daß die Autorin anfing, aus Not und Trennungsschmerz zu schreiben, erklärt nichts. Allein mit radikaler Ehrlichkeit kommt man so etwas nicht bei. Doch Sauvageot erzählt, ohne auf uns zu sehen, sucht kein Mitleid, will nicht gut dastehen vor uns. Nur ein Bedürfnis treibt den Text an: die Lebens-Notwendigkeit, zu verstehen, was nicht zu verstehen ist. Sie spüren wir, hier schlägt das Herz dieser Prosa, radikal, schonungslos, streng, manchmal komisch, immer präzise, der Liebe verpflichtet. Ein eigener Ton entsteht daraus, ungewöhnlich, ein Stück unliterarischer, jedenfalls nicht beabsichtigter Literatur, ein Stück Zeitlosigkeit – das uns berührt, weil es davon spricht, was uns am Leben hält.

Sauvageot ist 30, als sie den Brief beginnt. Seit vier Jahren leidet sie an Tuberkulose, eine Lungenentzündung im Winter 1929 hat ihren Zustand entscheidend verschlechtert. Sie wohnt in Paris, ist als Lehrerin ausgebildet, doch nun macht die Krankheit längere Aufenthalte in Sanatorien nötig. Dennoch will Sauvageot leben, tanzen, sich freuen, sie knüpft Freundschaften, sucht. 1931 hält man sie für geheilt. Doch 1933 muß sie erneut Paris verlassen, diesmal nach Davos. Ihre Briefe an den Geliebten zeigt sie nur wenigen ausgewählten Freunden. Sie drängen auf eine Veröffentlichung, 163 Exemplare werden 1933 privat verteilt unter dem Titel *Commentaire.* Posthum kommt 1934 eine zweite Ausgabe zustande, gefolgt von Auflagen in weiteren Verlagen 1936, 1943, 1986. Paul Claudel, Paul Valéry, Clara Malraux und andere preisen den Text. Seine Individualität beeindruckt sie, seine Bescheidenheit und Offenheit berühren sie, seine radikale Ehrlichkeit und Suche machen ihn singulär.

Fast ganz die Deine setzt mit der Analyse eines Satzes ein, den der Geliebte der Schreibenden sagte. Es geht um einen Liebesbeweis. Die Erzählerin wünscht sich den letzten Abend zurück, um dem Geliebten eine bessere Antwort zu geben. Wer kennte diesen Wunsch nicht, jene Mischung aus Elend und Hoffnung, jene Sehnsucht nach einem heilenden Nochmal. »Doch nichts beginnt von vorn«, sagt Sauvageot. Wir wissen, sie hat recht, sind traurig darüber, hoffen wider besseres Wissen, werden neugierig. So beginnt nun doch etwas Neues, wenn auch nicht von vorn, sondern indem es wiederholt.

Sauvageot sagt: »Es ist Glück, überwältigt zu werden und nichts mehr zu wissen. Doch noch ein Eckchen Bewußtsein zu haben, das immer weiß, was geschieht, und das durch dieses Wissen dem gesamten intellektuellen, vernünftigen Wesen erlaubt, in jeder Sekunde an dem gegenwärtigen Glück teilzuhaben, dieses Eckchen Bewußtsein zu haben, das die Entwicklung der Freude langsam nachvollzieht, das ihr bis an die äußersten Enden folgt, ist das nicht auch Glück?«

Dieses Eckchen Bewußtsein ist Voraussetzung der Briefe an den Geliebten. Sie geben dem Erlebten eine Sprache, eine zweite Stimme. Insofern ist auch Kommentar Glück. Er bedeutet Zeugenschaft über sich selbst und das eigene Leben; er ermöglicht es, einzudringen in die Grammatik der Zuneigung, Liebe, Freundschaft, der Lüge. Auf diese Reise nimmt Sauvageot uns mit.

Dabei schont sie sich selbst nicht. Ihre Ehrlichkeit verleiht dem Text Transparenz. Er ist ihre einzige Publikation. Der Schreibimpuls: dem Geliebten antworten, korrigieren, was er sagte, eine bessere Antwort geben, als es in der Wirklichkeit möglich war. Die Erzählerin weiß, daß ein Umstellen der Vergangenheit unmöglich ist und versucht es dennoch. Mit einem Paradox beginnt der Text, in Paradoxe dringt er ein, aus ihnen sucht er einen Ausweg.

In dieser Bewegung macht er Liebe spürbar. Damit ist er der Liebe nahe.

Vielleicht wurden die Briefe nie so geschrieben, vielleicht nachträglich erfunden, im nachhinein bearbeitet – doch egal. Sie stehen von Anfang an zwischen Wirklichkeit und Fiktion: Es gibt einen realen Adressaten, dessen Realität (das, wofür die Liebende ihn hielt) sich aber bereits als Fiktion herausgestellt hat. Ihre Briefe an dieses Du werden zunehmend zu einer Form des Selbstgesprächs. Doch es schließt sich nicht in sich, sondern öffnet sich auf ein neues Gegenüber: den Leser. Aus einem Inneren, das sich nicht mehr schützt und nicht versteckt, spricht der Text ihn an. Auf der Suche nach Klarheit; eindringlich, kompromißlos, getragen von der Energie des verletzten Liebesgefühls – ein Text, der die Wirklichkeit weder verleugnet noch abbildet, sondern sie trifft im Bild, und damit uns trifft, in Bildern von dem, was wir erlebt haben, selbst, oder bei anderen gesehen, und dann, eben doch, wieder bei uns.

Manchmal wird so aus Leben Literatur.

Klare einzelne Noten zwischen Du und Sie, ich und Du, reden und schreiben, gesund sein, krank, fahren, bleiben, einsam oder gefangen sein – für dich, bei mir. Die Liebende spricht von Schmerz, von der plötzlichen Veränderung des Lebens, bis eben ausgerichtet auf einen Menschen, der plötzlich fort ist, mit einem Brief, einer Geste. Eins sein und doch zwei. Sich als Einheit sehen, die Trennung spüren. Inniges, grausames Paradox des Gefühls.

Er sagt, er suche eine Frau, die glücklich ist, wenn sie ihm zusehen darf, wie er den ganzen Tag lang Wasserkringel macht. Durch Spucken in einen Teich. Jeden Tag, immer wieder. Sie muß zugeben: das reicht ihr nicht.

Sie sagt: »Warum fragen Sie mich: ›Ob es denjenigen gibt, für den Sie geschaffen sind?‹ Zu einer Frau sagt man: ›Der, für den Sie geschaffen sind‹, und zu einem Mann: ›Die, die für Sie geschaffen ist‹; hört man je: ›Die, für die Sie geschaffen sind‹? Der Mann ist; alles scheint zu seiner Verfügung zu stehen.«

Um die Liebe anzusehen, spricht Sauvageot von den Menschen und ihrer Sprache. Dort findet sie jene Ecke des Bewußtseins, die hell leuchtet, wenn der Rest dunkel ist. Die Liebende in Sauvageots Text verlangt diese Anstrengung, löst beim Partner Versagensgefühle aus. Der Leser hingegen wird hineingezogen in den Tumult ihrer Gefühle. Ihre Widersprüchlichkeit. Er wird ahnen, warum der Geliebte Schwierigkeiten hatte mit ihr. Und wird zugleich empört sein über seine Vorstellungen – vielleicht. Oder wird über ihre Anforderungen an ihn die Hände überm Kopf zusammenschlagen. Oder beide Impulse fühlen, in seiner eigenen Widersprüchlichkeit. Und wird angerührt von der Hilflosigkeit, Tapferkeit und dem Mut der Hauptfigur. Denn wer heute liest, weiß, wie es weiterging. Marcelle Sauvageot ahnte es.

Anfang Januar 1934 starb sie in einem Sanatorium in Davos, an eben der Krankheit, die schon die winterliche Reise 1930 veranlaßte. In manchen Menschenleben gibt es solche Knoten, wie etwa eine Jahreszeit, in der sich immer wieder alles entscheidet, bis zum Schluß.

Die Psychogramme, die sich in dem kurzen Text so klar und präzise, vielfältig und nachdenklich machend entfalten, lesen wir auf historischem Grund. Thomas Manns Castorp, auf dem Weg in den Ersten Weltkrieg, winkt vom Zauberberg herab. Die Krankheit, keine Luft zu bekommen, wirkt symptomatisch, weit über den Einzelfall hinaus. In Deutschland erschien Sauvageots *Kommentar* im Februar '39. 1930 ist noch nichts »passiert«, im Winter '33 alles angelegt.

Der französische Text beleuchtet etwas aus seiner Zeit, das über diese Zeit in unsere wirkt: er handelt von der Herausforderung, Subjekt des eigenen Lebens zu sein. Der Geliebte der Erzählerin bleibt namenlos, bis auf einen Kosenamen, Bébé. Der

Name, zu Anfang der Beziehung gegeben, erweist sich als richtiger als je gedacht. Denn tatsächlich: Bébé sucht Anpassung, Übereinstimmung mit der Gesellschaft, der Mehrheit der anderen. Die Erzählerin analysiert, was sie an ihm und anderen Männern beobachtet, etwa wie auseinanderklafft, in welche Frauen man sich verliebt und welche Frauen man heiratet. Wie man nicht selbst handelt, sondern gehandelt wird. Je konformer eine Gemeinschaft, je größer der Druck, innerhalb ihrer erlaubten Normalität nicht aufzufallen, um so herausfordernder wird die Frage nach gelebter Eigenheit und Eigenverantwortlichkeit. Hier kennt Sauvageot keinen Kompromiß. Hier berührt sie uns, in einer Gesellschaft, die sich Infantilität auf viele Fahnen schreibt und Konformitätsdruck unmerklich erhöht, mit der Frage nach uns selbst.

Sie bietet ihm an, ihn zu kennen, sie sagt, was sie an ihm nicht mag, liebt ihn – mit seinen Schwächen. Er will oder kann das nicht annehmen, und man versteht teilweise, warum, denn ihr Angebot ergreift auch Besitz von ihm: »Deine Schwächen gehören mir.« So liebt jemand, der Liebe verzweifelt braucht, ausgehungert ist; jemand, der gespalten ist, weil er Symbiose ersehnt und doch kontrollieren will. Doch ebendort, wo Liebe übergriffig wird, berührt Sauvageot auch deren Geheimnis. Ja, da ist all das, was ihr an ihm mißfällt. Ja, sie hat sich mit ihm abgegeben, weil sie ihn brauchte. Ja, er sollte ihr Double sein, sie wollte ihn als Spiegel für sich. Dann aber kam etwas hinzu: klein und bescheiden erscheint es, nur als Frage, näher ist ihm nicht zu kommen: »Vielleicht war alles an Ihnen mittelmäßig. Und doch war mir am liebsten, was von Ihnen kam. Warum?«

Rätsel Liebe. Der Text ist ein inneres Gespräch mit ihm. Bébé hält nicht aus, was das liebende Ich ihm zumutet, erträgt es nicht, gesehen zu werden, auf die Erde geholt zu sein, dann ist er kein Gott mehr, den die Frau als Objekt verehrt, denn jemand, der nur *ist*, wie er es sich wünscht, ist Objekt. Subjektwerdung durch Liebe will er nicht, sie hingegen träumt davon, kann es nicht, versucht es aber. Er wird gesehen, sichtbar wird sie.

1930. Sauvageot unterscheidet zwei Typen von Menschen: die, die sich hingeben, und die mit dem immer wachen Eckchen Bewußtsein. Sie gehört zum zweiten Typ, doch das Glück, genau wahrnehmen zu können, ist auch ein Zwang. Sie ist gespalten vom Registrieren und Beobachten. Diese Spaltung wird zum Hindernis: die Erzählerin kann nicht offen sprechen, fühlt das Zerfallen der Liebessprache, traut den eigenen Gefühlen nicht. Ausdruck und Authentizität stehen auseinander, Beziehungen sind kompliziert geworden. Sauvageot stößt an eine Grenze: die aufwühlende unmögliche Möglichkeit, »ich liebe dich« zu sagen. Daß das Programm Liebe und sein Ausdruck auseinanderklaffen, führt zu Pirouetten im Verhalten, zu Versteckspiel und Ironie. Der Geliebte hatte, allmählich gibt die Erzählerin es zu, von Anfang an eine andere Freundin. Er flirtet gern. Auch sie hatte einen anderen, benutzte den jetzt Verlorenen zunächst als Trost, bis sie sich verliebte, wirklich verliebte. Da kehrte das Spiel sich um, drehte sich die Macht.

Angewiesenheit und Überlegenheit, Zärtlichkeit, Treue, Eifersucht werden auf wenigen Seiten gezielt als Prozeß erzählt. Es erscheinen Menschen in ihrer Komplexität, Widersprüchlichkeit, mit allen Zweifeln und Selbstbeobachtungen. Wie jemand sich selbst im Weg steht, es weiß und doch nicht ändern kann. Wie jemand, der kontrollieren will, auch abhängig ist, zart, verletzbar, ebendies zuläßt, nicht kämpft, weil er die Freiwilligkeit der Liebe des anderen sucht. Das Ich schaut auf seine Zeit, Umgebung, ihre Strömungen, sich selbst. Wenn die Erzählerin Bébé wählte, weil er Bébé war, wie kann sie sich dann über ihn beschweren, weil er nicht Subjekt werden will? Hier hat keiner recht – oder beide haben es. Sie brauchte ihn, aber er braucht sie nicht mehr oder hat sie nicht dazu gebraucht, wozu sie gebraucht sein wollte. Jeder, der liebt, kennt Zweifel und die Angst, verlassen zu werden. Jemand, der krank ist wie Sauvageot, erlebt das in besonderem Maß. Die Haut ist dünn. Jemand, der krank ist, ist bereits auf spezifische Weise einsam. Auch damit berührt Sauvageots Erzählerin uns.

Wer krank ist, fällt aus dem Alltag heraus. Wer krank ist, fällt anderen auf die Nerven. Hart und klar spricht sie dies aus, Vorwürfe schwingen mit. Oder auch nur der Wunsch: daß du mich verstehen könntest. In meiner Lage sein. Sie fragt: Wie ginge es dir, wenn du acht Nächte nicht geschlafen hättest? Er sagt, das passiere ihm nicht. Er will Kranke wegsperren lassen. Beseitigen. Sagt sie über ihn. Diese Grenze zwischen ihnen ist absolut.

Hier wird aus Erfahrung geschrieben. Im Geist der Liebenden, die die Erzählerin ist, zieht Liebe auch immer eine körperliche Spur. Als Zittern, Herzklopfen, als Schmerz an der Stelle, an der die Lunge verletzt ist. Schmerz über die eigene Vergänglichkeit. Schmerz über die eigene Austauschbarkeit. Keiner wird merken, daß man fehlt.

Der Text spricht dagegen an, als wären ihm Zungen gewachsen, radikal, offen, zärtlich zum anderen, zu sich selbst, doch zugleich schonungslos – beredt eben darüber, was sich der Sprache gern entzieht. Erst im Brief löst sich, was in der gelebten Wirklichkeit zurückgehalten wurde. Monologischer Dialog, dialogisches Selbstgespräch, Hoffnung, gerichtet auf ein Du – daß das Ich sich selbst sein muß.

Sauvageots Analyse ist prägnant. Sein Angebot, Freunde zu bleiben – sozialer Kitt, als Lüge durchschaut. Das Rondo der Liebesprojektionen wird zerbrochen: Ich sehe mich durch dich. Aber darin, wie ich dich sehe, sehe ich wiederum mich, wie du mich siehst, der du dich siehst, wenn du mich anschaust, um mich zu sehen, wie ich dich betrachte als Teil von mir etc. Sie erklärt ihm, warum sie sich nicht ganz hingab, was sich, aus Angst, aus mangelndem Vertrauen, zurückhielt als »Ich«. Um sich zu schützen, falls die Beziehung scheitert. Sich selbst ein Nothalt zu sein.

Sie sagt: »Warum? Warum?«

Seine Beschränktheit, seine Spießigkeit, möchte man denken. Aber ist das der Grund des Geschehens? Oder ein Ausweichen vor dem, was sich nie erklären läßt: Ich liebe ihn, er liebt mich nicht.

Der Text zeigt den erlebten Schmerz in der Zackigkeit und Schärfe der Analyse, die wie ein Spiegelbild des Gefühls ist, das die Sprechende noch immer treibt. Die Asymmetrie der Liebe stößt sie, Risse in der Rede spiegeln, wie sehr sie sich daran verletzt. Verletzt auch an der Ungleichheit der Maßstäbe, die für ihn als Mann gelten, für sie als Frau. Das muß man nicht als »frauenrechtlerisch« einstufen, wie Bébé es getan hat. Diese Einordnung eines zutiefst menschlichen Rechts tut weh, wie es weh tut, die Eingesperrtheit der Erzählerin zu fühlen. Kein Wunder, daß sie Atemnot bekommt. Aber sie wehrt sich. Und auch ihre Forderung an ihn ist gewaltig. Sie postuliert eine Absolutheit der Liebe, ohne Vergleich mit anderen, ein unbedingtes Ja. Damit ist sie nicht allein, aber dadurch. Die Utopie der Liebesabsolutheit setzt eine Grenzenlosigkeit voraus, die in der Realität scheitern muß.

Sie sagt: »Und ich liebte ihn, als wäre er ich selbst«.

Eben das war zuviel.

Und ist doch Voraussetzung des Textes, denn seine Unbedingtheit erzeugt ihn thematisch und formal. Hand in Hand mit der absoluten Liebe geht eine absolute Aufrichtigkeit – zumindest das Bemühen darum. Auch dies: ein Programm der Überforderung. Wie mag »Bébé« auf diese unabgesandten Briefe reagiert haben, falls er sie, als Buch dann eben doch abgeschickt, 1933 gelesen hat, oder 1943 (falls er da noch lebte). War er überrascht von der Heftigkeit ihres Gefühls? Oder kalter Spieler – einer, der zweckmäßig gewählt hatte, sich bestätigt fühlte?

Sie sagt: »Es ist wie ein Traum: man darf sich nicht bewegen. Ich liebe Dich.«

Liebe, gemischtes Gefühl. In alles drückt sie sich ein, aber nicht wie ein roter Faden in ein Tau, das uns hält, sondern als buntes loses Gemisch all jener Fäden, die uns ausmachen. Anzünden, ausmachen, anzünden, immer wieder. Erkennen und Illusion kreuzen sich in ihr. Sich brauchen, sich ausgleichen, leiden. Der versteckte Kampf um Macht, Unterordnung, Bewunderung, Anerkennung. Das Feld ist abgesteckt durch Charakter und Zeit. Es führt zu harten, offenen Enden. Das Scheinspiel der »Freundschaft« will die Erzählerin nicht mitmachen. Sie setzt dem Gebrauchtwerden eine Grenze, obwohl sie zuvor bedauerte, nicht mehr gebraucht zu werden. Widersprüchlich wie das Lieben selbst ist das Auseinanderbrechen der Liebe.

Aus der Sicht einer 30jährigen, die vor 70 Jahren starb, wird Liebe hier auch als Lebensmut lesbar. Zu sich schreibt Sauvageot sich hin. Mit ihr spüren wir die Grammatik der Liebe, das Stottern ihrer Möglichkeiten, das Buchstabieren ihres Scheiterns. Doch sind die Bedürfnisse des Mannes, der Frau, heute nicht ganz andere? Gewiß, sie werden nicht mehr so formuliert wie in den zwanziger Jahren des letzten Jahrhunderts. Die Erwartungen der Geschlechter haben sich verändert. Man möchte es hoffen, muß es manchmal bezweifeln.

Sauvageots Text endet mit einem Tanz. Aus dem fingierten Gespräch mit einem Du/Sie gelingt am Ende ein Gespräch mit sich selbst. Zu tanzen, zu vergessen und doch zu erinnern, die Stimme dessen zu hören, was war, und doch in die Zukunft zu schauen – ein gutes Ende für ein großes kleines Buch. Dessen Aufmerksamkeit ganz dem gehört, was in uns ist.

Inhalt

Lizenzausgabe für die Büchergilde Gutenberg, Frankfurt am Main, Wien und Zürich, mit freundlicher Genehmigung des Verlages Nagel & Kimche | © 2004 by Editions Phébus, Paris | Titel der Originalausgabe: *Laissez-moi (Commentaire)* | Redaktion: Manuela Waeber | © 2005 Nagel & Kimche im Carl Hanser Verlag, München, Wien | Reihengestaltung: ANJA HARMS ateliers, Oberursel | Herstellung: Anke Rosenlöcher, Frankfurt am Main | Gesetzt in der Baskerville durch Dörlemann Satz, Lemförde | Druck und Bindung: Clausen & Bosse, Leck | Printed in Germany 2005 | ISBN 3-7632-5620-2 | www.buechergilde.de